MONSIEUR GUILLAUME.

N. Pruvonnelle f.

LES DINERS

DE

M. GUILLAUME,

SUIVIS

DE L'AVANTURE

DE

SON ENTERREMENT.

M. DCC. LXXXVIII.

PREMIER DINER

DE

M. GUILLAUME,

CHEZ

M. *DE TORTICOLI,*

AVEC DES DÉVOTS.

LES conseils d'une femme aimable qui donne peu de conseils, ont toujours un bon effet ; ils valent certainement mieux, pour réformer un jeune homme, qu'un bon sermon, fût-il prêché par l'Orateur de l'Académie française.

M. *Guillaume*, aidé de ceux de madame de *Senafin*, ne tarda pas à sentir le tort qu'il avait de vouloir toujours avoir raison. En peu de tems il perdit la manie de disputer ; il ne lui resta qu'un goût décidé pour la phi-

A 2

losophie & pour les belles lettres; &
pour tous les Auteurs, une indul-
gence dont il pressentait avoir besoin
un jour pour lui-même.

Tout ce qu'il savait d'inutile fut
oublié. Sa mémoire ne conserva de
nos mauvais poëmes que ce qui valait
la peine d'en être retenu. Personne ne
savait aussi bien que lui faire valoir les
beautés des ouvrages médiocres : il
ne rencontrait aucun de nos beaux-esprits, sans lui citer ce qui de ses ouvrages pouvait le plus flatter l'amour-propre. Du plus loin qu'il voyait M. le
Miere, il courait à lui en criant :

Le Trident de Neptune est le sceptre du monde.

Il ne donna jamais à M. *Mercier*
d'autre nom que celui de *Jean Hen-
nuyer*, & il ne rencontrait jamais M.
Imbert, sans lui chanter ces jolis vers
qu'on croirait être de *la Fontaine*.

Ainsi Colette,

De crainte en espoir s'en allait.

En secouant la tête, il lui semblait,

Que de la tête de Perrette,

Elle ferait tomber le pot au lait. (*)

_____

(*) La nouvelle *Perrette*.

Les hommes de lettres étaient presque tous les amis de M. *Guillaume* ; & ceux qui ne pouvaient l'avoir pour ami, n'étaient pas fâchés d'être mis au nombre de les connaissances.

M. de *la Place*, de l'Académie des sciences, jeune géomètre qui a déjà une grande réputation dans toute l'Europe savante, le trouva un jour dans le jardin des Tuileries, assis près du grand bassin, à demi-endormi, les jambes allongées, le visage tourné vers le ciel, & par intervalle ouvrant largement la bouche. Qu'avez-vous donc, mon cher, M. *Guillaume*, lui demande-t-il ? —Je bâille, mon cher M. de *la Place*, répond-il en bâillant de nouveau.

Vous avez dîné, je gage, lui dit M. de *la Place*, avec quelqu'Erudit de l'Académie des inscriptions ; peut-être fortez-vous de quelqu'assemblée de géomètres & d'aftronomes ? Ce messieurs traitent souvent entr'eux des matieres qui ne font pas à la portée de tout le monde ? Cela jette dans la conversation du froid & souvent de l'ennui. On ne fait que dire & même

que penfer lorfqu'en notre préfence
des favans parlent un langage que
nous n'entendons pas.

—Ah! mon cher M. de *la Place*,
replique M. *Guillaume*, nous n'avions
ni académiciens, ni aftronomes,
ni géomètres; & ceux que je connais
ne font point ennuyeux. Il n'en put
dire davantage fans bâiller encore,
& tout en bâillant, il s'écrie : M. l'abbé *Mopinot*, vous ne m'y rattraperez
plus! —Quoi! s'écrie à fon tour M. de
la Place, c'eft donc cet abbé qui
vous a jetté dans ce profond affou-
piffement ? —Point du tout, répond
monfieur *Guillaume* en bâillant encore plus fort ; l'abbé eft un galant
homme, mais il m'a joué un tour pen-
dable. De ma vie je ne le lui pardon-
nerai. Il m'a mené dîner chés M. le duc
de *Torticoli*. C'était un vrai dîner de
dévots. Jugez de ma contenance avec
des perfonnes auxquelles j'ai le malheur de ne point reffembler.

En fe mettant à table, nos dévots
ont commencé à déclamer contre
cette funefte philofophie qui perver-
tit les hommes en les rendant doux,

indulgens & miféricordieux, qui veut
que des êtres bipèdes à qui Dieu a
donné un peu plus de raifon qu'aux
quadrupèdes, fe conduifent, fous
peine de paffer pour des idiots, par
les lumières de cette même raifon.

On a enfuite damné tous les philofophes morts & vivans. L'enfer n'était
point encore fermé lorfqu'un des
faints de la compagnie a parlé de
Jofeph II, de ce frère de notre au-
gufte Reine, lequel s'immortalife en
faifant chez lui ce que depuis long-
tems on aurait dû faire dans tous les
Etats de l'Europe.

On ne doit, a dit notre Saint d'une
voix débonnaire, parler qu'avec refpect & révérence des têtes couron-
nées. Mais quand, comme nous, on
a des principes & de la religion, on ne
peut s'empêcher de plaindre un Prince qui veut que tous fes fujets, de
quelque communion qu'ils foient, fe
tolèrent entr'eux & fe regardent
comme frères; un Prince qui veut
que celui qui croit, ne perfécute pas
celui à qui Dieu n'a pas encore ac-
cordé la foi; qui exige que celui qui,

courbé aux genoux d'un moine, confesse ses péchés, n'arrache pas le
cœur à celui qui, retiré dans un coin
de sa chambre, se confesse à Dieu
seul. Quoi! nous qui serons un jour,
du moins il faut l'espérer, au nombre
des prédestinés, si nous étions nés en
Bohème, ou en Hongrie, ou en Autriche, nous serions donc obligés de
vivre paisiblement avec de vilains
Juifs dont les ancêtres crucifièrent
J. C. sur le mont Golgotha, avec les
enfans d'un *Calvin* & d'un *Luther*, lesquels se moquent du Pape, de Rome
& des indulgences, en un mot, avec
toutes sortes de damnés ? Je vous
jure que je n'en ferais rien. Il faut,
avant tout, obéir à Dieu.

Convenez, mes Amis, que ce sont
là des choses affreuses. Et entre nous,
lorsque nous serons levés de table,
que nous aurons dit nos grâces & que
nous digérerons, prions Dieu qu'il
dispose le cœur de l'Empereur en fa-
veur du Pape, des religieuses bohè-
miennes & des moines hongrais.

Autrefois on se plaisait à instituer
des milices de religieux. C'était au-

tant de peuplades de faints émiffaires pour porter à la cour des Rois, les ordres de Dieu & du Pape ; aujourd'hui la philofophie renverfe ces faints établiffemens de la piété de nos pères & de la bonne intention des fouverains Pontifes.

Vous ne dites rien, M. *Guillaume*, mais je fuis bien perfuadé que vous n'en penfez pas moins: nous favons tous que vous êtes un bon chrétien, & vous devez être bien affligé qu'en Hongrie on détruife les chartreux & les capucines, qu'on tolère en Bohème les Juifs & les Proteftans, & qu'en Autriche on fe moque de la bulle *In cœna Domini.*

Que voulez - vous que je dife à tout cela, ai-je répondu à Monfieur le dévot ? L'Empereur préfere des juifs qui peuvent lui être utiles, à des religieux qui ne lui fervent de rien : il aime mieux avoir des foldats, des artifans & des laboureurs, que des moines. Tout change fur la terre: Dieu feul eft immuable : autrefois on ne voyait dans le Pape qu'un vice-dieu gouvernant toute l'Europe, ou à fon gré la

bouleverſant au nom de Dieu. Aujour-
d'hui *Joſeph II* n'y voit qu'un Prince
ſon égal, qui, à la vérité, repréſen-
te J. C. mais que ſon rôle de repré-
ſentant, ſi on jugeait de l'avenir par
le paſſé, pourrait rendre dangereux.

Autrefois les prédéceſſeurs de l'Empereur allaient à Rome gagner l'in-
dulgence plénière & tenir l'étrier du
Pape ; & de nos jours nous avons vu
le Pape aller à deux cents lieues de
Rome chez cet Empereur, implo-
rer ſa bonté & ſolliciter ſon indul-
gence impériale. On voit ce qu'on
n'a jamais vu, & c'eſt ainſi que va le
monde.

Lorſqu'on a eu ceſſé de parler de
Joſeph II & des moines, on s'eſt en-
tretenu de l'abomination des ſpectacles ; c'eſt alors que madame la ducheſſe de *Torticoli*, s'adreſſant à ſon
mari, lui a dit : Vous avez autrefois,
M. le Duc, malheureuſement fré-
quenté ces ſpectacles profanes ; vous
en connaiſſez tout le danger ; vous
en avez vu de près toute l'indécen-
ce ; dites-nous, eſt-il bien vrai qu'en
Eſpagne où vous avez voyagé, qu'en

Italie & à Lorette même, où vous
fîtes, autant qu'il m'en fouvient, vos
dévotions l'année même de notre
mariage, on ne voit dans les Eglifes,
ni autels, ni châffes, ni faints, ni
faintes, ni mères de Dieu, auffi ri-
chement vêtus, auffi magnifiquement
parés que le font en France nos filles
de théâtre ?

Cela eft très-vrai, ma chere amie,
a répondu M. le Duc d'un ton dolent.
Je dirai plus, c'eft que dans les Etats
du Pape, j'ai vu beaucoup d'Evêques
dont les revenus font au-deffous des
appointemens de l'arlequin de notre
comédie italienne. Cela me confir-
me, a repliqué madame la Ducheffe,
ce qu'on m'a dit fi fouvent, que la
plupart des cures du diocèfe de Paris,
ne valent pas en revenu, à beaucoup
près, autant que l'emploi du fouffleur
de l'Opéra, & qu'il eft chez *Nicolet*
des petites filles qui gagnent plus en
danfant & en jouant la comédie, que
le premier vicaire de Saint-Sulpice en
prêchant, en baptifant & en confef-
fant. Ajoutez encore, ma mie, a repris M. le Duc, qu'à la repréfenta-

tion d'une tragédie de ce fcélérat de
Voltaire, on trouve aux environs
du théâtre français, beaucoup plus
de carroffes qu'on n'en voit un jour
de fête folemnelle autour des quatre
principales églifes de Paris.

O M. le Duc mon ami ! s'eft écrié
madame la Ducheffe, où en fommes-
nous ? quelle perverfité ! Je prévois
les maux inouïs dont l'Eglife, cette
époufe de J. C. fera bientôt affligée,
fi comme on le défire, on rappelle
les Proteftans en France, & fi on
leur permet de faire des enfans légitimes avec des femmes légitimes ; fi
notre Gouvernement, comme on l'en
follicite, s'empare du revenu du Cler-
gé & le met à la penfion, ainfi que
l'a fait l'impératrice de Ruffie ; fi on
défend à nos prélats de s'intituler
Evêques par la permiffion du Saint-
Siège, avec ordre à eux de ne plus
envoyer à Rome la premiere année
de leur revenu.

M. *Guillaume*, que penfez-vous de
tout cela, m'a demandé madame la
Ducheffe ? vous êtes dans les bons
principes : tout cela doit vous pa-

raître abominable. —Madame, ai-je répondu, j'entends très-peu ces matieres d'État & de religion ; mais il me femble que plus il y aura de mariages légitimes, moins il y aura de bâtards : je crois auffi que moins on enverra d'argent à Rome, plus il en reftera en France.

Ah ! monfieur *Guillaume*, a reparti madame la Ducheffe, ce n'eft pas tout à fait comme cela qu'il faut entendre les chofes. Obfervez au contraire que des proteftans il n'en peut naître que des réprouvés, & que, fi on n'y met promptement ordre, notre Roi très-chrétien ne tardera pas à être le Roi des réprouvés. Cela ne ferait du tout point honneur au fis aîné de l'Eglife.

Vous favez, M. *Guillaume*, les malheurs affreux qu'après elle a entraînés la deftruction des jéfuites ; attendez-vous à en voir de plus grands encore, fi comme ces coquins de philofophes veulent le perfuader, on réforme les Feuillans, les Chartreux, les Prémontrés, les Barnabites, les Cluniftes, les Mauriftes, les Minimes,

les Récolets, les Bernardins, les Théatins, les Célestins, les Capucins, les
Dominicains, les Victorins, les Bénédictins, les Augustins, les Pic-puces,
les petits Pères, les Carmes déchaux,
les grands Carmes & les Cordeliers
de la Grand-manche.... Voulez-vous,
M. *Guillaume*, de cette alose? elle
est délicieuse. De tous les poissons
c'est le plus facile à digérer..... Il y a
assés de laboureurs & de misérables
dans les campagnes. Mais dans Paris,
par le tems qui court, il ne saurait
y avoir trop de religieux & de bons
confesseurs.... Puisque vous n'aimez
pas l'alose, M.*Guillaume*, vous man-
gerez de ces maqueraux, ce sont les
premiers qui soient entrés à Paris.
Allons, Monsieur *Guillaume*, laissez
vous tenter.... A propos de confesseur, quel est le vôtre? Si vous voulez je vous donnerai le mien.... Comment trouvez-vous ces petits pois?
On n'en voit point encore à la Halle.
Ce sont des petits pois de nos serres.....
N'allez pas vous imaginer, M. *Guillaume*, que mon confesseur se charge
du salut de tout le monde; mais je

vous recommanderai à lui , & il aura
soin de votre conscience : vous aurez
lieu d'en être content. C'est l'homme
de Dieu; rien ne lui plaît tant que la
direction des jeunes gens que je lui
recommande.

M. le Duc a pris la parole, & la dé-
mangeaison qu'il avait de parler m'a
tiré de l'embarras d'une réponse. Je ne
connais , Madame , a-t-il dit, qu'un
seul moyen pour détourner les maux
dont l'église de Dieu est menacée, &
ce moyen dépend de la seule volonté
du Roi ; ce serait de donner à notre
frère la feuille des bénéfices. Ajoutez encore , mon ami, a repris la Duchesse, qu'il lui faudrait aussi la place
de premier ministre: alors rien ne
l'empêcherait de faire le bien. La
France deviendrait bientôt le royaume des élus; il la purgerait de tout
ce qui n'est pas bon catholique , de
tous ces philosophes par qui la raison , le bon sens & tous les maux
nous sont arrivés; il chasserait tous
les protestans; il rappellerait les jésuites & ferait casser tous les parle-
mens s'ils voulaient s'opposer à leur

retour ; il donnerait la police de toutes les filles de Paris à notre ami l'abbé de *B.....on*, qui eft tout à la fois un
infigne politique & un grand dévot, &
notre ami s'en tirerait très-bien. Il détruirait l'Académie françaife qui eft
le foyer de l'incrédulité, & l'Académie des fciences plus funefte encore
que la françaife à la religion, par les
dangereufes lumieres qu'elle répand ·
il ne conferverait que l'Académie des
infcriptions & l'Ecole vétérinaire, les
deux feules inftitutions qui foient
utiles, l'une pour déchiffrer vos médailles, & l'autre pour panfer nos
chevaux.

Cette Académie des infcription
dont parle madame la Duchefle, eft
utile, a répété un des faints convves : on ne peut en difconvenir ; mais
elle pourrait l'être davantage : elle
s'occupe trop de mythologie & trop
peu de certains points de notre fainte
religion qui auraient befoin d'être
éclaircis ; elle a donné des prix pour
favoir des nouvelles de *Saturne*, de
Jupiter, & de cette vilaine *Vénus* qui
montrait toujours fon derriere, & de
laquelle

laquelle les chrétiens n'ont que faire : elle a dépensé sept à huit mille francs pour ces fadaises. C'est du tems & de l'argent mal employés.

Que ne donne-t-elle ses prix à celui qui nous apprendra ce que sont devenus & la merveilleuse baguette de *Moïse*, laquelle il changea en serpent, & dont ensuite il se servit dans le désert pour désaltérer des millions de juifs qui étaient les bons amis du Seigneur ?

Et le moule dans lequel on jetta la statue du veau d'or que les amis du Seigneur Dieu adorèrent pendant que *Moïse* écrivait la loi ?

Et les miraculeuses trompettes qui firent tomber les murs de Jéricho (1) ?

_____

(1) Le texte hébreu dit que ces trompettes étaient des *cornes de moutons*. Si quelqu'érudit s'amuse jamais à faire l'histoire des moutons, il ne doit pas oublier ce trait : c'est celui qui leur fait le plus d'honneur.

Quant à la baguette de *Moïse*, elle est en Syrie, dans un couvent de Maronites : à la vérité on ne l'y voit pas, excepté pendant la messe, qu'elle paraît visiblement suspendue en l'air sur le livre de l'évangile Pour se convaincre d'un fait aussi merveilleux, on n'a qu'à lire les *Lettres*

B.

Voila qui est bon & même très-bon
à savoir.

De plus, qu'on nous dise où a passé
le sacré cloud que la forte *Jahel* ficha
dans le crâne du général *Sizara*, après
lui avoir fait boire une pleine écuel-
le de bonne crême, ce qui est un des
plus beaux traits de l'hospitalité juive.

Ce qu'est devenue l'épée à deux
tranchans que le pieux *Aod* enfonça
traîtreusement dans le ventre du roi
Eglon lequel était chargé de graisse ?

Une chose agréable & utile, serait
encore de savoir où se trouvent & la
pierre sur laquelle le juge *Abimelech*,
bâtard de *Gédéon*, égorgea soixante & dix de ses freres sans en rien ra-
battre; & la terrible mâchoire avec
laquelle le fort *Samson* extermina

édifiantes & curieuses des missionnaires Jésuites;
lesquels, en leur qualité d'apôtres, ne mentaient
jamais.

Dans ces mêmes Lettres *édifiantes*, un mis-
sionnaire assure avoir trouvé dans les déserts
d'Oreb, le moule de la tête du veau d'or.

On a quelquefois appuyé un mensonge par un
mensonge; mais ici c'est une vérité qui en appuie
une autre; & c'est ainsi qu'on doit écrire l'histoire.

mille philiftins ; & le foc de charrue
dont fe fervit le juge *Samgar* pour
tuer fix cents Cananéens, tous gens
à prépuce, & par là même défagréa-
bles à Dieu ; & les cinq anus d'or
que les bourgeois de Gaza, les artifans de Get, & les cordonniers d'Af-
calon offrirent au Seigneur Dieu
pour les délivrer de leurs hémor-
rhoïdes remède, que les apothicaires
n'ont jamais approuvé ;

Et le divin couteau dont le St. prêtre
Samuel, pour plaire à Dieu, hacha le
petit roi *Agag ;* & la harpe merveil-
leufe que touchait le berger *David*,
pour calmer les vapeurs de *Saül ;* &
la fronde dont ce même berger *David*
fe fervit pour terraffer le géant *Go-
liath*, qui était bâtard & rodomont ;
& le fouet dont le fils de Dieu frap-
pa & chaffa du temple les marchands
qui vendaient des pigeons à ceux
qui voulaient en offrir à Dieu.

Ce fouet, cette fronde, cette harpe, le couteau de *Samuel*, les anus
d'or, le foc de *Samgar*, la mâchoire
de *Sabatier*, le cloud de *Jahel*, l'épée
d'*Aod*, les trompettes de Jéricho, le

B 2

moule du veau d'or, la baguette de
Moïſe, tous ces inſtrumens de la
puiſſance divine doivent être quelque part. Le Seigneur doit les avoir
préſervés de la deſtinée des choſes
périſſables pour être des preuves par-
lantes & irrécuſables des merveilles
qu'il opéra en Judée, en Egypte &
ailleurs. Il n'en faudrait pas davantage pour confondre l'incrédulité des
philoſophes.

Voilà, certes, voilà des points
d'hiſtoire bons & agréables à apprendre-
dre : il vaut beaucoup mieux s'en
occuper, que des contes de l'ancien tems. En tout, dans une académie de bons chrétiens, la vérité doit
avoir la préférence ſur le menſonge,
& notre religion ſur la fable. N'ai-je
pas raiſon, M. *Guillaume?* vous êtes
trop bon catholique pour penſer
autrement.

Bien penſé & bien dit, ont répété
en chorus tous les convives; mais
madame la Ducheſſe remettant la
converſation ſur monſieur ſon frère,
a ajouté: Je ne doute pas que s'il avait
la feuille des bénéfices, il ne remît

en honneur la Conſtitution *U*
nitus dont on ne parle plus, ce q
eſt affreux après l'honneur qu'elle a
eu pendant quarante ans de troubler
la France pour l'honneur du Pape &
des révérends pères Jeſuites.

Ajoutez encore, madame, a dit
M. le Duc, que ce théâtre de la comédie françaiſe qu'on a élevé à grands
frais, il le convertirait en une belle
chapelle où, après ſa mort, nous lui
ferions élever un magnifique mauſo-
lée : ce ſerait une belle & bonne
œuvre de mettre un chapitre de cha-
noines où l'on a établi une troupe
d'excommuniés: Je ſais, madame, &
vous le ſavez comme moi, que notre frère a l'eſprit borné, mais ſon
zèle ſuppléerait à tout : c'eſt d'ailleurs un ſaint : il vit comme un pré-
deſtiné. En outre, il a le courage
d'un *Athanaſe*, il réſiſterait au Roi &
à tout ſon conſeil, pour plaire à Dieu
& à St. *Nicaiſe* le patron de notre
famille.

J'avoue, Monſieur *Guillaume*, lui
a dit M. de *la Place*, que ce dîner n'a
pas dû vous amuſer : il faut pourtant

avoir se faire à tout, & être bien partout où l'on se trouve : vous aviez sans doute bonne chère ? cela dédommage un peu de l'ennui des propos.

Bonne chère ! s'écrie M. *Guillaume* ; chère des Dieux ! c'est en présence d'une truite monstrueuse qu'on déclamait dévotement & contre la philosophie, & contre la facilité avec laquelle on transgresse aujourd'hui le précepte de la sainte abstinence. J'enrageais doucement, admirant la bonté de madame la Duchesse, de M. le Duc, & de quatre à cinq autres dévots, qui faisaient leur salut en mangeant d'un turbot placé entre une alose de dix livres & un saumon de vingt, & damnant avec charité tous ceux qui, un jour de carême, n'étant pas assez riches pour avoir sur leur table de la marée, se permettent de manger des cuisses de dindon à la sauce-robert.

Vous avez dû, lui a dit M. de *la Place*, sortir bien promptement après le dîner. C'était bien mon intention, a répondu M. *Guillaume* ; mais le

café n'était point encore servi, qu
madame la Duchesse m'a dit avec un
ton de dévotion: M. *Guillaume*, nous
sommes en carême ; il faut un peu se
mortifier : vous n'avez pas fait trop
bonne chère ; cela ne doit point
vous empêcher de venir amicalement
manger notre soupe. On fera mieux
une autrefois. En revanche je veux
aujourd'hui vous régaler d'un bon
sermon. Vous y viendrez avec moi.
Lequel préférez-vous du père *Beau-*
regard ou du père *l'Enfant* ? ce sont
deux restes infortunés d'Israël. Le
père *l'Enfant* a plus de douceur. Le
père *Beauregard* a un zèle plus ardent.
Quand il tonne en chaire, il ressemble
à *Moïse* descendant du mont Sinaï.
Si, à l'exemple de ce saint législa-
teur qui était un homme très-doux, il
n'extermine pas les philosophes, c'est
qu'il ne se fait plus de miracles, mais
il en a la bonne intention : il faut
lui en savoir gré. C'est à Dieu à lui
en donner le pouvoir. Tout ce qu'il
peut & doit faire, c'est en prêchant,
d'exhorter le Roi à en faire une nouvelle St. Barthelemi. Ces sortes de

rètes font infiniment agréables à Dieu. Il trouve très-bon qu'on purge la société des gens qui lui déplaient, & c'eſt ce que de ſon tems fit le pieux Roi *Jéhu.* On ſait avec quelle adreſſe & par quel pieux menſonge il attira dans le temple de Baal cinq à ſix cents prêtres ou prophètes, & comment il les fit occir ; & comment auſſi il ordonna la mort des quarante-deux frères du roi *Ochoſias.* Avant ces actes de piété & de royauté, il avait fait égorger les ſoixante & douze fils du roi *Achab*, & s'était enſuite donné le plaiſir de faire mettre à l'entrée de ſa chambre en deux piles leurs ſoixante & douze têtes royales. Je conviens que ce n'était pas là un trop bel ornement d'architecture ; mais les têtes empilées de leurs Alteſſes juives étaient une preuve de la piété du roi *Jéhu*, qui conſiſtait à n'épargner perſonne.... Là dites-moi, M. *Guillaume*, comment trouvez-vous notre moka ? convenez qu'il a un parfum délicieux ? Il y a bien des Princes qui n'en prennent pas de meilleur.... Vous ſerez, je vous l'aſſure, content du du père *Beauregard*. C'eſt lui que nous entendrons aujourd'hui ; *l'Enfant* ſera pour une autre fois. Je veux un jour vous faire dîner avec lui : il parle comme un apôtre. Dans toute l'égliſe Gallicane on ne trouve pas ſon ſemblable.... Les chevaux ſont mis, partons..... Mais avant le ſermon, un petit verre de crème de barbade ne gâtera rien : cette crème eſt bonne pour la digeſtion.... Allons, mon cher Monſieur *Guillaume*, allons entendre le père *Beauregard*, & faire notre ſalut....

Je n'ai pu, ajouta Monſieur *Guillaume*, échapper à cette fatalité : il a fallu, malgré moi, ſuivre aux Théatins Madame la ducheſſe de *Torticoli*, entendre le ſermon, m'ennuyer, & bâiller : & m'échappant d'abord après, je ſuis venu dans ce jardin, reſpirer, digérer & bâiller à mon aiſe.

C

SECOND DINER

DE

DE M. GUILLAUME,

CHEZ

M. LE DUC *DE LIBERTATE*,

AVEC DES SAVANS.

M. *Guillaume* bâillait encore, lorf-que M. de *Vandermonde*, de l'Acadé-mie des fciences, qui avait entendu le récit de fon dîner, lui dit : Bâillez, M. *Guillaume*, mais ne vous plaignez pas. En ce monde tout eft compenfé : il s'y trouve une égale quantité de bien & de mal, de plaifirs & de peines. Si vous n'aviez pas fait un dîner de gourmand avec des dévots, vous ne vous feriez pas ennuyé dans l'E-glife des Théatins.

Cependant, mon cher monfieur

Guillaume, confolez-vous. L'ennui de la veille prépare quelquefois, & fans qu'on s'en doute, au plaifir du jour fuivant; fi vous le voulez, nous dînerons demain chez M. le duc de *Libertate* : c'eft un très-galant homme. Vous êtes sûr d'en être bien reçu : on s'entretient chez lui de phyfique, de chymie, de politique, d'adminiftration & de beaucoup d'autres chofes qui pourront vous amufer. On n'y damne perfonne : vous n'y entendrez parler ni de fermons ennuyeux ni de dévotion, que feu M. *Guettard*, de notre Académie des fciences, croyait néceffaire pour gravir le ciel, mais qui en ce monde, s'il en faut croire vingt de fes confrères, eft très-peu utile pour bien digérer.

Je dis vingt, c'eft beaucoup : vous viendrez quelque jour à notre Académie & je vous montrerai ceux qui ne penfent pas comme M. *Guettard*. Vous n'en trouverez peut-être que dix ; ce n'eft pas trop, mais il faut bien s'en contenter en attendant mieux.

Je veux auffi vous faire voir plu-

sieurs confrères qui dans la tête ont
autant de géométrie que *Pascal* &
Bernoulli, & qui se feraient fesser en
pleine assemblée plutôt que de ne
pas assurer que six ne font que trois,
que quatre ne font que deux, & que
trois ne font qu'un, si au sortir du
berceau leur nourrice leur a mis ces
puérilités dans la tête.

Oui, mon cher *Vandermonde*, a
répondu M. *Guillaume*, j'irai à votre
Académie. Mais avant tout j'accepte
le dîner de M. le duc de *Libertate*.
Les hommes sont rares, & je suis bien
aise d'en voir un.

Le lendemain, midi n'était point
encore sonné, & déjà M. *Guillaume*
était chez M. le Duc; on le mène
d'abord dans un cabinet de physique:
il y trouve avec ce seigneur un Anglais, un Insurgent, M. *Franklin* &
plusieurs chymistes & physiciens français : ils s'amusaient à faire avec la
machine électrique des expériences
qu'ils varièrent de vingt façons. A
chaque expérience, messieurs les savans raisonnaient sur le phlogistique,
sur cet agent universel dont l'action

entretient le branle qu'un premier
moteur imprima à la vaste machine
de l'univers, dans laquelle machine
roulent avec notre petit globe ter-
raqué des milliers de mondes.

M. *Guillaume* savait là-dessus très-
peu de choses. En moins d'une heure
il fut instruit de toutes les découver-
tes qu'on avait faites par le moyen
de l'électricité depuis *Bacon*, baron
de Vérulam, jusqu'à *Newton & Haus-*
kébée, & depuis *Hauskébée* jusqu'à
M. *Franklin*, qu'on proclama l'apôtre
de la physique & de la liberté.

Tout en raisonnant sur le fluide
électrique, messieurs les philosophes
se mirent à table; la conversation les
mena tout naturellement à parler de
Mesmer, de ses miracles & de son
magnétisme animal, avec lequel il
opère ses miracles.

Que pensez-vous, messieurs, leur
demande M. *Guillaume*, de *Mesmer*,
de ses guérisons & de son agent ?
C'est un charlatan que *Mesmer*, s'écrie
M. *Sage*; & son *magnétisme animal*
n'a pas le sens commun.

M. *Guillaume* faisant peu d'atten-

C 3

tion à la gaieté de M. *Sage*, dit :
je foupçonne que ce *Mefmer* gué-
rit les jolies Femmes & tous ceux
qui s'adreffent à lui, à-peu-près
comme en géométrie on réfout certains problêmes, par tâtonnement
& par approximation ; & c'eft ainfi
qu'en agiffent prefque tous les médecins à l'égard de leurs malades : ils
font des expériences fur le corps des
perfonnes faibles. Ces expériences
n'ont-elles pas l'effet qu'on défire ?
on n'en dit rien : quelques-unes
réuffiffent ou paraiffent réuffir ; c'eft
de celles-là dont on tient regiftre &
dont on parle toute la vie.

Point de faint de Paroiffe, quelque petite que foit fa niche, qui en
fon tems n'ait rendu la vue à quelqu'aveugle. Point de médecin de
village qui n'ait reffufcité quelque
mort. Point de charlatan, en quelque genre que ce foit, qui n'ait eu
fes partifans & fes confeffeurs. *Duval*,
docteur de Sorbonne, après avoir
prêché la ligue, & n'ayant rien plus
à faire quand le grand *Henri* eut
écrafé cette ligue épouvantable, fe

mit, dans fon défœuvrement, à annoncer les prophéties d'une prétendue démoniaque née à *Romorantin*, & produite à Paris pour déclarer les proteftans damnés. Le Parlement fe mêla de cette affaire, & la démoniaque alla prophétifer ailleurs.

Petit-pied, autre docteur de Sorbonne, prêchait de fon tems aux petites filles du quartier Saint-Jacques, les miracles du diacre *Páris*, qui de fon vivant, n'était qu'un idiot, & qui après fa mort, guériffait, ainfi que *Mefmer*, en donnant des convulfions qu'en jargon théologique on appellait *l'œuvre de Dieu*, & que *Mefmer* appelle *l'œuvre de la nature*.

Camarade *Fréron*, de fon tems, annonçait la vertu toute-puiffante des fachets de camarade *Arnoud* ; & les quatre immortels faifeurs du *journal de Paris*, font devenus de nos jours les évangéliftes de *Mefmer*.

Vous fouvient-il, Meffieurs, avec quelle confiance & avec quel férieux ces quatre frères, en leur journal, année 1777, nous contèrent comment les chats & les canards fai-

faient enfemble, dans un village de Normandie, des petits *chats-canards?* Les anguilles de frère *Néedham*, dont on s'eft tant moqué, n'étaient pas plus ridicules. Quand un journalifte a annoncé une balourdife, on eft en garde contre les balourdifes qu'il peut encore annoncer. *Il ne faut*, dit M. de Buffon, *rien voir d'impoffible dans la nature, & s'attendre à tout.* Je fuis du fentiment de cet homme de génie. Malgré cela, je me défie des jongleurs & de leurs prôneurs, & ne crois ni aux chats-canards dont accouchèrent les frères du journal, ni aux prodiges de *Mefmer*, qu'ils nous vantèrent fi impudemment, ni à fon fecret.

De fecret! *Mefmer* n'en a pas, dit M. *Sigaud de la Fond* : fes partifans lui ont donné le titre de grand homme, & il n'a mérité qu'un brevet de charlatan. Le grand homme qui fait une découverte utile, s'empreffe d'en faire part à la fociété, & la gloire qu'il en recueille, après le doux plaifir de faire le bien, eft fa première récompenfe.

Meffieurs de *Montgolfier* imaginè-
rent la poffibilité de planer dans
l'atmofphère & de monter vers les
cieux : ils firent des effais, & dirent
à tous les favans : « voilà ce que
» nous avons trouvé, voyez l'avan-
» tage qu'on peut en retirer ». L'Europe entière, tout en admirant leur
franchife, leur a fu gré d'une découverte la plus belle, la plus hardie
& la plus étonnante qu'on ait jamais
faite : ils n'ont point cherché la gloire,
& la gloire les environne.

Mefmer a tenu une conduite bien
oppofée à la franchife de Meffieurs
de *Montgolfier* : il s'eft fait un fyf-
tême de médecine univerfelle, en
amalgamant les vieilles idées de l'af-
trologie judiciaire avec les vieilles
opinions de l'alchymie, opinions autrefois mifes en vogue par l'ignorance, enfuite méprifées, oubliées
& profcrites par la faine phyfique,
& de nos jours rajeunies avec une
infigne effronterie.

En parlant de fecret & de médecine univerfelle, *Mefmer* était fûr
de faire fortune, du moment qu'il

éleverait les tréteaux de fon empi-
rifme à Paris : ville où il y a le plus
de luxe, de mollesse, d'argent & de
maladies nerveuses; où il y a le plus
de femmes qui ont des vapeurs,
des hommes riches qui fe croyent
malades, des vieillards qui vou-
draient rajeunir, & où, pour les
jouissances qui s'y reproduisent fous
toutes fortes de formes, la jeunesse
a le plus besoin de fanté. Pour amor-
cer la curiofité de tous ces gens,
il fuffifait de parler de médecine
universelle & de fecret.

Ce fecret fut d'abord mis à l'en-
chère, & *Louis XVI*, qui voudrait
que tous fes fujets fe portassent bien,
& que nos dames françaises n'eussent
plus de vapeurs, lui en offrit trente
mille livres de revenu. Un maréchal
de France n'a pas un plus beau trai-
tement. *Mesmer* fe refufa à cette générofité qu'il avait follicitée, fous
le double prétexte qu'on pouvait
abufer de fon fecret, & que les Français, pour y participer, n'étaient
point encore assez avancés en raifon.

Après ce refus fait au roi & cette

impertinence dite à tous nos chy-
miltes, phyficiens & médecins, il a
vendu à beaux deniers comptans ce
prétendu fecret à une multitude de
jeunes feigneurs, tous, comme bien
on peut le penfer, affez fages pour
ne pas en abufer. Ils font venus en
foule admirer la vertu de fes exor-
cifmes, & participer, moyennant cent
louis d'or, à fes myftères; & on a vu,
au grand fcandale de la philofophie,
reparaître dans tout fon éclat ou plutôt dans toute fon ignominie le règne
des convulfions.

La fottife va toujours en croiffant.
Du tems du Diacre *Páris*, pour guérir on commença par trembler : on
danfa enfuite, & l'on finit par fe faire
crucifier. *Mefmer* n'avait d'abord
qu'imaginé de guérir fimplement
hommes & femmes : fes adeptes ne
s'en font pas tenus là : les uns fe font
évertués à toucher des animaux, &
les ont guéris; les autres ont ma-
gnétifé des arbres, qui guériffent
auffi. Les chênes de Dodone, qui
parlaient, n'étaient pas plus merveilleux.

Lifez, meffieurs, lifez le détail des prodiges qu'a opérés M. de *Puiségur* dans fa terre de Bufanci : voyez comme il enchantait les ormes & les hommes ; voyez ces hommes enchantés dormir fans s'en douter, manger fans s'en appercevoir, & deviner à la volonté du *Maître* & fans en rien favoir, la penfée d'un malade & le fiége de fon mal ; lifez & dites-moi fi aux petites maifons la démence a pouffé plus loin fes ridicules ? ajoutez à cela que tout s'opère au nom de *Mefmer*.

Arrêtons-nous, & convenons que de tous les alchymiftes dont il a renouvellé la doctrine, il eft celui qui a fait le plus de l'or. Ils cherchaient le grand œuvre & il l'a trouvé. *Mahomet*, l'un de fes devanciers en jonglerie, mit la lune dans fa manche. *Mefmer* en fait defcendre des émanations, un efprit vital, un fluide régénérateur, mais en attendant qu'il la faffe defcendre elle-même, il met dans fa poche l'argent des badauds. Venez à propos, parlez à propos, ayez fur-tout à vos gages des journaliftes bien ignorans qui vous préparent les voyes, &

quelque magiftrat bien *timbré* qui, fou de vos folies, veuille les appuyer, & votre fortune eft faite.

En effet, ajoute M. le Duc, c'eft l'ignorance de la phyfique qui a mis en crédit pendant quatre ans le charlatanifme de *Mefmer*, & pendant deux jours l'empyrifme d'un *Cagliofro*. D'où je conclus que de toutes les fciences, la phyfiqne eft celle qui mérite le plus les encouragemens de la part du Gouvernement.

Pour moi, réplique M. *Guillaume*, je conclus que fi les cordonniers, les couturières, les chauderonniers, les porte-faix, les porte-chaifes, les porte-falots & autres porteurs de cette efpéce, deviennent jamais phyficiens, on ne verra guères plus fur la terre ni charlatans, ni fuperftition, & elle en fera bien mieux gouvernée. *La fuperftition*, a fouvent dit M. de *Brienne*, fous le miniftère de qui tout fe régénère en France, *eft la fille aînée de l'ignorance en phyfique*; ce prélat n'a révélé là qu'une très-grande & très-utile vérité, & nous devons lui en tenir compte.

Il eſt important d'ajouter, que c'eſt dans les flancs de cette abominable aînée qu'ont été engendrés les deux tiers des crimes dont la terre a été ſouillée. C'eſt cette aînée qui autrefois, chés nos ancêtres les Gaulois, donna le Souverain pontificat au chef des Druides, un trône éternel au Daïri chez les Japonais, l'immortalité au Dalaï lama, & une vertu divine aux excrémens de ce Vice-dieu; qui a donné l'infaillibilité & les deux clefs du paradis au Chitombé des ſept montagnes; une grande célébrité & le plus étendu de tous les cultes à ce *Mahomet* qui faiſait croire aux bonnes femmes ſes voiſines que chaque nuit, monté ſur la jument *Borac*, il voyageait dans les planettes, alors qu'il ſe gaudiſſait dans les bras de ſes maîtreſſes.

C'eſt encore cette même ſuperſtition qui, dans le ſiecle dernier, perſuada au ſot peuple d'Angleterre que ſon *Cromwel cherchait leSeigneur*, pendant qu'il ne cherchait que le bouchon d'une bouteille de vin de champagne; & qui de nos jours a donné à

Georges Gordon un grand afcendant fur la populace de Londres.

Meffieurs les phyficiens applaudirent aux conféquences de Mr *Guillaume* : M. *Franklin* l'embraffa , & remettant la converfation fur la phyfique , ils parlèrent de cette efpèce d'élément que nous nommons air , de fes différentes efpeces , & de fes divers dangers ainfi que de fes divers avantages. M. le duc de *Libertate* fe montra l'égal des phyficiens autant par la force que par l'abondance & la nouveauté de fes idées. Le célébre *Bolingbroke*, en parlant des différens cultes , n'avait pas plus d'énergie & avait moins de clarté. M. *Sigaud de la Fond* parla auffi très-bien , mais ne dit rien de nouveau. M. *Sage* ne fut de l'avis de perfonne, mais pour la premiere fois , il dit le fien avec tant de politeffe qu'on en fut étonné & qu'on lui en fut gré.

M. *Vicq d'Azir* fit un petit difcours fort oratoire fur les æriformes ; mais fur ce qu'on lui dit qu'il y avait un fauteuil vacant à l'Académie françaife, il fort de table , & court chez M. *Mar-*

montel, Secrétaire de cette Académie: celui-ci, un peu étonné de voir entrer un médecin, lui dit, mais M. le docteur je ne suis pas malade. —Aussi n'est-ce pas pour vous que je viens; c'est pour l'Académie. Mais, répond le Secrétaire, je la crois encore moins malade que moi. On s'explique ; car en toutes choses, rien de tel que de s'entendre. Laissons ces deux messieurs s'expliquer & rejoignons nos physiciens.

M. *Guillaume* les écoutait avec ce plaisir délicieux que le désir de s'instruire peut seul donner. Il profita d'un moment de silence pour leur demander si réellement ils croyaient à l'existence de l'air. On ne répondit à sa demande que par un sourire ironique qui le fit un peu rougir. Sourire, leur dit-il, n'est pas répondre. Je suis, à la vérité, un grand ignorant en physique, mais je ne suis l'esclave des opinions de personne. J'admire votre grand savoir, mais mon admiration n'exclut pas mes doutes. C'est à vous, messieurs les savans, à éclairer mon ignorance & à me convertir charita-
blement

blement , si mon pyrrhonisme est dangereux.

La terre m'a toujours paru comme un grand animal, qui, de retour d'une longue course à son écurie, a chaud , sue & transpire avec abondance. On le voit enveloppé d'un nuage de vapeurs ou corpuscules très-déliés qui s'échappent de toutes les parties de son corps : n'en est-il pas de même de notre terre ? ne sue-t-elle pas ? & sa transpiration est - elle autre chose qu'une émanation plus ou moins abondante de particules qui forment autour d'elle ce vaste océan d'exhalaisons que nous nommons atmosphère, & dans laquelle les Rois avec leurs Reines, les savans avec les ignorans, les amans avec leurs maîtresses, nagent tous de leur mieux, à peu près comme des esturgeons & des cabeliaux nagent dans la mer atlantique.

Ces exhalaisons agitées & poussées en sens irréguliers, voyagent d'un climat à un autre, s'empregnent dans leur route de divers miasmes plus ou

D

moins purs, plus ou moins corrom-
pus, & les chariant avec elles, fement
par-tout où elles paffent, la fanteou la
contagion : fouvent & fans que monfieur *Sautereau* s'en foit jamais douté,
les fièvres, les catarres & la mort
nous viennent de la Chine ou du Ca-
nada, des côtes d'Alger ou du pays
des Lapons, chez lefquels les prêtres
vendent du vent; ce n'eft pas le feul
pays où ils en vendent, & meffieurs
les prêtres ne font pas les feuls qui en
vendent.

Donnez, Meffieurs, à ces tranfpi-
rations de la terre qui, en galoppant
dans l'atmofphère, fortifient ou em-
poifonnent le germe de notre vie, le
nom que vous voudrez. Appellez les
air, fi cela vous amufe ou fi cela eft
plus commode; mais je ne puis croire
que cet air foit un élément. J'ai
peut-être tort, mais ce tort m'eft
commun avec un grand-homme qui
eft mort en doutant de beaucoup de
chofes férieufes, entr'autres que l'air
pur exiftât, & que l'auteur de l'Almanach des Mufes fût jamais un
grand-homme.

En comparaison de cet insigne douteur, je ne suis qu'un atôme dont les bourdonnemens sont à peine entendus. Mais je me pique de penser comme lui, tant sur ce qu'on nomme air que sur l'*Almanach des Muses* ; & je ne vois pas plus de raison de respecter une opinion, parce qu'elle date du tems d'*Empedocle*, qu'un magnifique mensonge, qui daterait de la préfecture de *Ponce Pilate*.

Passez moi, Messieurs, ce ridicule de ne vouloir autour de notre globe qu'un océan d'exhalaisons, les unes fines, les autres grossières, les unes séches, les autres humides, les unes saines, les autres malignes, qui entr'elles tour à tour se combinent, s'enchaînent, se séparent comme elles peuvent, ou plutôt selon des loix invariables & mathématiques ; mais entre nous, messieurs, en parlant de l'air, n'auriez-vous pas le tort d'en admettre différentes especes ? L'air atmosphérique, l'air fixe, l'air inflammable, l'air déflogistiqué, enfin tous ces airs français ou gaz anglais dont la nomenclature est un peu longue

& dont la théorie est encore dans le berceau.

Messieurs les savans expliquèrent à merveille tous ces petits mystères de la physique, & M. *Guillaume* les remercia tout aussi cordialement que s'il avait été de leur avis. Alors M. *Four...* ramenant la conversation des choses de pure curiosité à des choses utiles, dit qu'un air sans ressort, un air enchaîné par des miasmes était très-mal-sain. Vous connaissez sans doute, Messieurs, ajouta-t-il, la rue *Maubuée*, la rue du *Poirier*, la rue de *Pierre-au-lard*, la rue des *Mauvais-garçons* où loge *Sabatier de Castres*, la rue *Jean-pain-mollet*, celle du *Pet-au-diable*, les rues de *Trousse-Vache*, de *Vuide-gousset*, du *grand* & du *petit Hurleur*? Vous avez pu voir dans ces rues infâmes des filles de joie, à presque toutes les portes ou fenêtres des maisons? Vous avez remarqué que ces filles sont grasses, courtes, épaisses, toutes chargées d'embonpoint, par la même raison que les cochons en Amérique étaient chargés de graisse?

L'air qu'elles respirent est gras, humi-
de, épais, sans jeu & sans circula-
tion. C'est un air empesté : aussi le
corps de ces filles, peu d'heures après
leur mort, tombe-t-il en pourriture.
Si le gouvernement y faisait attention, je ne doute pas qu'il ne dé-
truise un tiers des rues de Paris, &
qu'il n'élargisse l'autre tiers. Je doute
aussi qu'il laisse plus long-tems paver
nos églises de cadavres, sur-tout après
l'exemple qu'en a donné notre principal Ministre dans son archevêché :
cela les rend infectes & dangereuses;
aussi tout physicien, à ce qu'on ob-
serve, n'y va-t-il qu'avec répugnan-
ce; & M. d'*Alembert* ne les traver-
sait jamais sans se boucher le nez.

Ce qui dans les églises, reprit
M. *Guillaume*, n'est gueres moins
dangereux que le mauvais air qu'on
y respire, c'est un déclamateur en
chemise qui passe les heures entières
à crier que tout est perdu en France, parce que les honnêtes gens
commencent à penser & que les
jeunes garçons, quand ils peuvent,
couchent avec leurs maîtresses. N'ai-

meriez-vous pas mieux entendre prêcher contre cet art abominable de la guerre qui dépeuple un Etat, que contre les jeux de l'amour qui le repeuplent.

Cette petite plaifanterie égaya les convives, qui enfuite fe mirent à raifonner fur les affaires politiques. On fe jeta d'abord à *corps perdu* fur le grand Turc. Quoique fouverain, on en parla avec très-peu de refpect. Il eft bon qu'on fache que les favans, les beaux efprits & les marchands de vin, en veulent depuis long-tems à Sa Hauteffe.

L'intérêt de la France, dit M. le duc de *Libertate*, eft de s'unir promptement avec *Catherine II* pour chaffer de l'Europe le Sultan, fon grand Vifir, fon Boftangi, & tous fes Pachas à deux & à trois queues. Le moment femble venu de fe débarraffer de tous ces gens-là ; & fi la France ne fe dépêche, l'Empereur fera dans peu avec *Catherine* ce que certainement elle aurait mieux aimé faire avec notre jeune *Louis XVI*.

C'eft bien dit, s'écrie M. *Guillau-*

me ; auſſi n'ai-je jamais aimé ce grand-
Turc qui fait enfermer les femmes &
chaponner les hommes ; qui dans ſes
états a les meilleurs vins de l'hémiſ-
phère, & qui ne veut pas que ſes ſujets, quand ils ſont une fois dépré-
-pucés, en boivent ; qui par deſſus
tout cela, a changé en bêtes brutes
les arrière-petits-fils d'*Orphée*, d'*Ho-
mere* & d'*Euripide*. Je conſens donc
qu'on lui faſſe paſſer au plutôt le
détroit des Dardanelles avec le
moins de mal qu'on pourra.

Je demande auſſi grace pour les
trois mille femmes qu'il a dans ſon
ſerrail ; nous les garderons en France, où elles ne ſeront pas fâchées
de vivre en liberté : elles ſeront ſur-
tout bien aiſe d'avoir un mari à cha-
cune d'elles ſeules, & d'être riche-
ment dotées des biens que doit pro-
duire à l'Etat l'extinction prochaine
des Bernardins, des Prémontrés, &
des pères Bénédictins.

Quoi ! M. *Guillaume*, lui dit M.
Franklin, vous croyez qu'en France
on licenciera les religieux d'Orcan,
les religieux de Fécamp, les moines,

de Clervaux, les débâtés de la Chaife-dieu, ceux de S. Denis, ceux de S. Waaft, lefquels ont tous fait vœu de pauvreté, & qui malgré leur pauvreté jouiffent de quatre à cinq millions de revenu, & que de ce revenu on établira en France tant de belles femmes nées en Circaffie & en Mingrélie, & qui aujourd'hui, fous la garde d'une trentaine d'Eunuques, réduites à l'infécondité, féchent d'ennui & d'épouvante?

Je puis me tromper, répond M. *Guillaume*, fur les femmes du Grand-Seigneur; mais non pas fur les inutiles enfans de St. *Norbert*, de St. *Bernard* & de St. *Benoît*. Notre miniftère français, toujours modéré & lent dans fes opérations, ne fe pique pas de donner l'exemple des grandes réformes; mais il s'empreffe de les imiter lorfqu'elles font commencées dans d'autres Etats. Quand les Portugais fe furent délivrés de leurs Jéfuites, la France fe défit tout auffi-tôt des fiens.

M. le Duc mit de nouveau la converfation fur le beau fexe de Min-grélie,

grélie, & fur la bonne envie qu'aurait l'Empereur *Joseph II* de donner
des loix dans des pays où en don-
nèrent autrefois *Licurgue*, *Solon* &
Alexandre.

Je voudrais bien, ajouta M. *Guillaume*, voir ces beaux climats où
brillèrent autrefois les *Ariſtote*, les
Xeuxis, les *Thémiſtocle*, les *Périclès*;
mais je ne veux me mettre en route
que lorſque leurs deſcendans n'obéi-
ront plus à des Turcs qui les ont
abrutis, & à leurs eunuques, qui les
pillent au nom d'Alla & de *Mahomet*;
& d'avance je bats des mains en pen-
fant que *potens Catharina* & *potens
Joſephus* vont faire danſer à Sa Majeſté Ottomane, pendant qu'elle
dort, la danſe des moutons. Croyez-
vous, demanda-t-on à M. *Guillaume*,
que Sa Majeſté ſommeille encore
long-tems? Il y a dix ans, répond-il,
que j'annonçai qu'elle ne ſe réveil-
lerait qu'en faiſant la culbute dans
l'Helleſpont, & que la France devait
en conſéquence de ma prophétie,
s'arranger pour faire en ce pays-là
un petit royaume à M. le Comte

E

d'*Artois*. Je parlai à M. *de Vergennes* de la cabriole de Sa Hauteſſe, & du petit royaume que je voulais donner au frère de *Louis XVI*, royaume où je voulais que tous les ſujets fuſſent libres & paiſablement heureux. Mes idées parurent trop grandes à M. *de Vergennes*, & ſa tête me parut trop petite pour loger mes idées : nous nous ſéparâmes en nous rendant mutuellement juſtice, lui me prenant pour un original, & moi le prenant parmi les miniſtres ſes camarades, pour l'inverſe de *Catherine* entre les Souverains : *Inter eos minor.*

De Conſtantinople MM, les dîneurs ne firent qu'un ſaut à Philadelphie, & l'inſurrection des Américains eut ſon tour : on en diſcuta la légitimité avec ſageſſe, mais avec un peu de chaleur. Un peuple libre qu'on opprime, dit M. *Franklin*, a droit de réclamer contre l'oppreſſion & de ſe faire juſtice ſi on la lui refuſe. C'eſt ainſi qu'en agirent autrefois les Suiſſes & les braves Hollandais. Il n'eſt point d'homme raiſonnable qui n'applaudiſſe à la bravoure de ces peuples,

L'oppreſſion arrache tôt ou tard les hommes à l'eſclavage & les rend à eux-mêmes.

La grande faute de la métropole à notre égard, reprit l'Inſurgent, eſt celle d'une marâtre, qui, non contente de traiter en bâtards ſes fils légitimes, voulait encore les faire vieillir dans les langes de l'enfance. C'eſt là le grand tort de l'Angleterre envers nous. Pour tout autre peuple ce tort eût été un motif ſuffiſant d'indépendance ; pour nous il n'a été qu'un prétexte heureux. Nous, Américains, nous avons voulu être libres par le ſeul plaiſir de l'être.

M. *Franklin*, attendu ſon caractère de miniſtre, fut un peu embarraſſé de la ſingularité & ſur-tout de la vérité du propos. Il baiſſa les yeux en ſouriant & fit ſigne à l'Inſurgent de n'en pas dire davantage. L'un des convives prit alors la parole & dit que ſans la France les Américains ſeraient encore Anglais, dépendans & opprimés.

La France, répliqua l'Inſurgent, nous a fortement aidés à prendre no-

E 2

tre liberté, mais ne nous l'a pas donnée. En uniſſant ſes ïntérêts aux nô-
tres, elle s'eſt elle-même donnée un
allié puiſſant & généreux : nous lui
vaudrons au centuple les avances
qu'elle nous a faites.

Quoi! reprit le convive, ſans le
ſecours de la France, vous ſeriez
donc venus à bout de rompre les
liens dont votre orgueilleuſe métropole avait déjà commencé à vous
garotter ? Oui, certainement, repart
l'Américain, & par la ſeule raiſon que
tout peuple qui a voulu être libre, l'a
toujours été avec le tems. Je déſie
tous les érudits de votre académie
des inſcriptions de me citer un
exemple du contraire. Les reſſources
d'un peuple qui veut être libre, ſont
inépuiſables. S'il n'a point de pain,
il mange des pommes de terre ; & ſi
ce groſſier aliment, qui a bien ſon
prix, lui manque, il vit de racines
& de glands. C'eſt ainſi que vécurent
longtems les premiers hommes : ils
étaient libres & robuſtes. L'appétit
aſſaiſonne tout mets de quelque eſ-
pèce qu'il ſoit, & l'adverſité fait des

hommes dans quelque climat qu'ils naissent, lorsque le hasard a placé un philosophe à leur tête. Là-dessus on but à la santé de MM. *Franklin*, *Washington* & *Jefferson*.

M. *Guillaume* tenant encore le verre à la main, buvons aussi, dit-il, à la prospérité des Américains. On applaudissait à cette prospérité, quand le lord *Woaster* répondit brusquement : « Ce n'est point à un esclave » à toster un peuple libre ».

Tous les convives stupéfaits se regardèrent & ne dirent mot. Leur profond silence blâmait le Lord *Woaster* & la dureté de son propos. Noble Lord, lui répondit M. *Guillaume* avec un grand sang-froid, je suis Français & ne suis point esclave. J'obéis à un Roi sage qui obéit lui-même à la loi, & qui veut bien se charger de veiller à ma sûreté quand je dors. Lorsque vos Anglais nous font la guerre, il faut nécessairement de deux choses l'une, ou que j'aille me battre, soit sur mer, soit en rase campagne, une bayonnette au bout d'un mousquet, ou que je donne de l'argent pour falarier ceux qui veulent fe battre pour moi ; & cela pour empê- cher vos Anglais de venir ravager nos terres, boire nos vins de Bordeaux & de Champagne, violer nos de- moifelles & faire cocus nos maris, comme ils le firent autrefois. Tout bien confidéré, j'aime encore mieux payer que d'aller moi-même fur le tillac d'un vaiffeau me faire caffer la tête pour mettre vos anglais à la rai- fon. En payant, j'ai le plaifir, foit que je me promene au Palais-royal, dans ces jardins de la féerie & de l'enchan- tement, foit que je fois à table, foit que je digere étendu dans un fau- teuil ou le dos tourné contre la che- minée, de louer ou de blâmer ceux qui fe canonent & ceux qui com- mandent les canoniers. Pour mon ar- gent je refte juge des combattans & je me félicite d'en être quitte à fi bon marché.

En Angleterre, réplique lord *Woafter*, nous avons le même droit ; mais notre Roi n'y eft qu'un capitaine à qui nous confions le gouvernail de la nation : s'il ne le manie pas avec

fageffe & dextérité, nous le repre-
nons, & s'il refuse de le donner,
nous le lui arrachons d'entre les
mains : un Roi de France au contraire eft un vrai maître, qui tient en fes
mains la fortune & la vie de fes fujets,
qui en difpofe à fon gré fans en rendre compte, comme un propriétaire
difpofe d'un troupeau de moutons
qu'il a hérité de fes peres.

Noble Lord, vous vous trompez,
lui dit M. *Guillaume*, notre Roi ne
peut prendre ni ma maifon, ni mon
champ, ni ma vigne ; & s'il s'amufait
à cette petite tyrannie, je lui ferais
un bon procès dont il payerait les
frais & les dépens. Il ne peut non
plus prendre ni la femme ni la fille
d'aucun français, n'appartinffent-
elles qu'à l'homme le plus gueux de
la nation.

Nos Rois, me direz-vous, ont
quelquefois pris les femmes & les
filles de leurs fujets ; cela eft vrai :
mais cela n'a jamais été de force.
Ils les ont cajolées ; ils ont payé
les maris ou les mères, qui difaient :
devant Dieu en advienne ce qui pourra ;

mais devant les hommes notre fille
fera une grande dame ; fes enfans
feront peut-être des princes, & en
attendant, nous aurons quelque belle
terre & quelque bon château.

Meffieurs les convives, qui étaient
en pointe, glofèrent beaucoup fur
ces terres que les Souverains don-
nent, & fur les enfans qu'ils légi-
timent. La converfation les ramena
aux héros de l'Amérique : on parla
du fage & valeureux *Washington*,
qu'on proclama le *temporifeur* : on
fit un fort bel éloge de MM. *Jefferfon*
& *Adams*. M. de *La Fayette* fut cité
comme un exemple unique en ce
fiècle de bravoure & de prudence.
On remarqua fur-tout qu'il n'avait
que vingt ans, lorfque, s'arrachant
aux délices de Paris & de la Cour,
aux bras d'une femme jeune & ado-
rée, il vola aux fecours des Américains. Ce n'eft pas tout, dit M. *Guillaume ;* ce jeune Auvergnat fe montra un héros en Amérique, & fur-
tout un habile négociateur : mais en
France, il fut être un citoyen cou-
rageux. Peu content d'avoir coopéré

à la révolution qui donna la liberté aux Etats-unis de l'Amérique, il en prépara une en France dont la poſtérité lui ſaura gré. Chez nos neveux, il aura la gloire d'avoir le premier attaché le grelot.

Après le dîner, on s'entretint encore de ſcience & de politique. Sur les ſix heures du ſoir, M. *Guillaume* & M. de *Vandermonde* ſortirent enſemble. Chemin faiſant, c'était à qui des deux citerait quelque trait honorable à l'adminiſtration préſente. Aucun des miniſtres ne fut oublié. On fit l'éloge de pluſieurs.

Avant de nous quitter, ne dirons-nous rien de *Louis XVI*, demande M. de *Vandermonde?* Convenez que c'eſt un bon Roi? Et vous, M. de *Vandermonde*, replique M. *Guillaume*, avouez que notre Reine eſt toujours belle? Avez-vous jamais penſé que la première qualité d'une Reine de France eſt d'être aimable? Voilà ce qui plaît ſouverainement aux Français. Ils aiment ſur-tout voir leur Reine fort dévote à la chapelle de leur Roi, & leur Roi pa-

reillement fort dévot à la chapelle
de leur Reine. C'eſt-là, ma foi, de
la bonne dévotion ; celle-là ne ſau-
rait déplaire à Dieu, & ne peut qu'é-
diﬁer les Français. Un Roi n'a jamais
donné de lettres de cachet, du moins
que je ſache, en ſortant de faire de
pareilles dévotions .... Dites-moi,
M. *Guillaume*, étiez-vous hier à
Verſailles ? vîtes-vous la Reine ? comment la trouvâtes-vous ? Auſſi fraî-
che, répond M. *Guillaume*, que le
jour qu'elle arriva en France, & ayant
encore plus d'éclat. Je ne ſais ſi je
me fais illuſion, mais ſes yeux me
parurent plus grands, plus beaux &
plus brillans que le jour de ſes noces.
Il faut bien que je ne me ſois pas
trompé ; car tous ceux qui la virent
ne penſaient pas autrement. On peut
m'en croire, & c'eſt ce que je veux
faire ſavoir à un dogue anglais, nom-
mé *Georges*, ſi peu ſemblable à ſes
compatriotes ; mais je ne veux le
lui apprendre qu'en lui coupant les
deux oreilles. De quel *Georges* par-
lez-vous donc, demande M. de *Vandermonde* ? —De cet intolérant fana-

tique qui, en 1780, ameuta la canaille de Londres contre les catholiques, & qui, dans un pays où tout le monde se porte affez bien, eft encore atteint de la rage de perfécuter des gens très-tranquilles, & de l'exécrable folie de calomnier ce qu'il ne connaît pas.

La converfation tomba un peu, & M. *Guillaume*, reprenant la parole, dit : c'eft une chofe plaifante, que je doive aujourd'hui le plaifir de m'être inftruit en phyfique & en politique, au défagrément d'avoir fait hier un dîner ennuyeux, & d'avoir entendu après le dîner un fermon encore plus ennuyeux. Vous aviez raifon, mon cher *Vandermonde*, de me dire qu'en ce monde il y a une égale dofe de bien & de mal, de joie & de trifteffe. Cependant, mon ami, voici une journée contre votre opinion : il eft déjà fept heures du foir, & depuis quatre heures du matin, je n'ai encore eu que du plaifir.

Pour en favourer encore quelques gouttes, M. *Guillaume* remit la converfation fur *Marie Antoinette*, &

montra combien , en graces , en
efprit , en amabilité , elle était au-
deffus de Mefdames fes devancieres
fur le trône de France , & finit fon
éloge par en paffer la plupart en
revue , depuis cette *Ifabeau de Ba-*
viere , furnommée *la grande Gaure* ,
qui fit vingt outrages au front de fon
mari *Charles VI* , jufqu'à *Catherine*
de Médicis , galante & fuperftitieufe ,
tracaffiere & ambitieufe , qui plon-
gea l'Etat dans un océan de cala-
mités épouvantables , & qui , calcul
fait , à deux pintes de fang par Français , dans une guerre civile de trente
ans , en fit verfer deux mille trois
cents vingt-fept tonneaux ; & depuis cette *Médicis* , qui mourut avec
le furnom de *vieille chevre* , jufqu'à
l'auflere & morofe *Marie Lecfinska* ,
femme de *Louis XV.*

Il n'oublia ni l'imbécille *Iouife*
de Lorraine , femme de l'imbécille
Henri III , laquelle ne connaiffait
d'autre amufement que de fuivre les
proceffions , faire des neuvaines &
pélérinages , entendre des fermons
& des meffes ; & d'aller , meffes en-

tendues, à la Grève voir faire la dernière rechignade à des malheureux dont on brisait les os avec une barre de fer.

Ni cette *Marie de Médicis*, qui, entourée d'Italiens, de favoris, de vampires & de ventres affamés, engouffra en peu de tems dans ces larges ventres, tout le trésor qu'avait sagement amassé son très-bon Roi & très-infidèle mari *Henri IV*.

Ni cette *Marguerite de Valois*, qui, ainsi que cela est écrit dans les chroniques des Reines de Navarre, inscrivit ce bon *Henri*, & d'une manière peu noble, comme tout le monde sait, dans les registres de la confrairie universelle.

Ni cette *Louise de Savoye*, mère de *François I*, laquelle n'ayant pu coucher en tout honneur & légitime mariage avec le beau & brave connétable de *Bourbon*, imagina, pour se venger, de le dépouiller de ses biens ; & laquelle, après avoir, à l'aide du parlement de Paris, consommé cette bonne œuvre, & avoir, en la consommant, forcé le Conné-

table à être un rebelle, s'amufa enfuite à filer la corde dont on fe fervit pour ferrer le cou à la *Beaume de
Samblançai* , furintendant des Finances.

M. *Guillaume* parlait encore de
notre Reine , lorfqu'il fut renverfé
par un chien danois qui courait étour-
diment devant un carroffe , enfuite
brifé fous les roues d'un cabriolet
qui vint à paffer , laiffé fur le pavé
à demi-mort & couvert de boue. On
l'enveloppa dans un manteau , &
bien encaiffé dans un fiacre , on le
mena chez lui , où il fut mis au lit ,
faigné & panfé. Il ne revint de cet
horrible étourdiffement , que pour
demander fi *Georges* le calomnia-
teur des Reines avait encore fes
oreilles.

Le philofophe de *Vandermonde* ,
qui l'avait accompagné , lui fit obfer-
ver que la fomme de fes fouffrances
était à-peu-près égale à la fomme
des plaifirs qu'il avoit eus dans la
journée ; & pour le confoler , lui
dit en le quittant, que de cette ma-
lencontre , il en réfulterait quelque

événement heureux pour lui : « car,
» ajouta-t-il en l'embraſſant tendre-
» ment, tout eſt au mieux dans ce
» monde ».

Cela peut-être, répond M. *Guillaume*, mais je ne le croirai ferme-
ment, que lorſqu'on ne laiſſera plus
courir des chiens devant des voi-
tures, & qu'on défendra aux cabrio-
lets de courir dans les rues quand il
eſt nuit.

TROISIEME DINER

DE

M. GUILLAUME,

AU CHATEAU CHAROLAIS *,

AVEC

DES GENS A TALENS AGRÉABLES.

JE ne perdrai point mon tems, dit M. *Guillaume*, lorſqu'il eut recouvré l'uſage de ſes membres, à réformer la Police, & à gouverner l'Etat; aſſez d'auteurs malotrus s'en mêlent ſans moi; j'ai aſſez d'embarras à me gouverner moi-même. Pourvu que le pain ſoit à bon marché, & qu'on faſſe travailler les moines à la corvée, il m'importe fort peu qui admi-

---

* Le Châreau Charolais eſt à la Nouvelle-France, l'un des fauxbourg de Paris. La police en a fait une maiſon de force.

niſtre

niſtre les finances. Il ſe fit du bien
ſous M. *Turgot*; il s'en fit ſous M. *Nec-
ker*; & je parierais, s'il était permis
de jouer à coup-ſûr, qu'il s'en fera encore davantage ſous le miniſtere de
M. *de Brienne*, lequel, dans le corps
le plus débile, loge le courage d'un
Hercule. Pour régir les finances de
l'Etat, ce n'eſt pas tout d'avoir l'eſprit d'un *Calonne*, il faut encore un
eſprit d'ordre & d'économie.

Je n'aimais pas M. *Amelot*; il m'ex-
poſa trop long-tems à la tentation
de l'appeller *Raca*; & je ſuis très-
content que dans le miniſtere de
Paris, il ait été remplacé par un
homme amateur de tous les arts, &
l'ami de tous ceux qui les cultivent.
Le ſeul reproche que la Philoſophie
ſoit en droit de lui faire, c'eſt qu'il
ne veut pas être le mien : mais patience, il y viendra. On finit toujours par aimer un peu ceux qui ont
le courage de nous rendre juſtice.

Actuellement que les coqs français ſont en paix avec les dogues
anglais, aura qui pourra le miniſtere
de la marine. J'aimais à voir le tri-

F

dent de *Neptune* entre les mains de M. *de Sartines* : il ne me déplaisait pas dans celles du maréchal *de Castries*; & si nous avons guerre sur mer, je pense que le comte de la *Luzerne* maniera fort bien cet instrument.

Le Roi est maître : du coin de mon feu j'applaudis à tout ce qu'il fait ; & fît-il en France tout ce que *Joseph II*, son beau-frere, a déjà fait en Bohême, en Autriche, en Hongrie, & tout ce que, pour être un grand homme, cet Empereur a la bonne envie de faire, je ne m'en affligerais pas.

Bien fou & bien sot qui se passionne pour autre chose que pour le bonheur de ses concitoyens! Vivons dans la retraite, & laissons aller le monde comme il pourra, bénissant le ciel de nous avoir donné une Reine belle, aimable, spirituelle, un Roi bon & tel que le petit peuple chéri de Dieu n'en eut jamais.

Après ces réflexions, M. *Guillaume* s'occupa sérieusement à renoncer, pendant quelque-tems, à la société, & à se livrer entierement aux études de la phyſique & de la chymie, pour leſquelles, en dînant avec MM. *Franklin* & *Lavoiſier*, il avait pris un goût décidé.

Un jour qu'il était à la *Nouvelle-France*, l'un des faubourgs de Paris, cherchant une petite ſolitude, où, loin du bruit & des importuns, il pût cultiver en paix ſon jardin, ſon ame & ſa penſée, un vieillard l'apperçoit, court à lui, lui ſaute au cou, & le ſerrant étroitement dans ſes bras, lui dit : Je ne me ſens pas d'aiſe, M. *Guillaume*, de vous voir : vous m'avez bien fait rire dans vos diſputes avec M. l'abbé *Printems* (*). Vous m'avez ſur-tout fort amuſé avec votre dîner chez M. le duc de *Torticoli*. Si vous le trouvez bon, nous dînerons aujourd'hui enſemble. Je veux abſolument faire connoiſſance avec vous. Et moi, Monſieur, répond M. *Guillaume*, je ne m'en ſoucie pas. J'y ai été pris, & l'on ne m'y rattrapera plus. Je ne veux dorénavant faire connoiſſance avec qui

---

(*) Voyez M. *Guillaume* ou le *Diſputeur*.

que ce foit, avant que préalablement
on ne m'ait montré un certificat figné
d'un honnête homme, & vifé par un
commiffaire dont on n'ait jamais mal
parlé.

Je ne manquerai pas de certificats,
dit le vieillard : Je m'appelle *Chefdeville* : j'habite près d'ici, au milieu
de quarante arpens de jardins, le
château du feu prince de *Charolais*:
j'ai acheté ce château & ces jardins;
j'y réunis fouvent mes amis, tous
gens comme il faut : ils dînent aujourd'hui avec moi : fi vous m'en
croyez, vous y viendrez avec nous.
Vous y verrez M. *St. Georges*, & autres perfonnes des plus connues & des
plus recherchées qui foient à Paris.

Au nom de Prince, de château,
de *Charolais*, de *Chefdeville*, de *St.
Georges*, M. *Guillaume* crut qu'il
avait à faire à l'un des plus illuftres
feigneurs de la nation; & cédant à
fes inftances, il le fuivit, autant par
curiofité que par cette facilité de
caractère que tout le monde lui connaît, & qui fouvent, comme on fait,
l'a rendu dupe des fripons.

Tous les convives étaient arrivés:
c'étaient MM. *Préville*, *du Gazon*,
Carlin, *Noverre*, *Balbâtre*, *Vestris*,
Cheron, *Laïs*, *d'Auberval*, *St. Georges*,
Emic, *Pétrini*, *Heumandel*, *Marchal*,
Verdoni, *Vidal*, le seigneur *Albanese*.
M. l'abbé *Bouc* ne vint qu'après le
dîner.

Pour se mettre à table, ces Messieurs n'attendaient que leur hôte,
qui, en entrant, leur présenta M.
Guillaume : ils furent tous enchantés
de le voir, & lui un peu embarrassé
de savoir quels étaient les hauts &
puissans seigneurs avec lesquels il
avait l'honneur de dîner. *Du Gazon*
fut le seul qu'il reconnut, pensant
que ce charmant acteur n'était là
que pour rendre plus agréable, par
la gaieté de ses propos, le dîner des
hauts & puissans seigneurs.

A peine on était à table, que *St.-*
Georges adressa la parole à M. *Guil-*
laume. Vous n'êtes point, lui dit-il,
en terre étrangère. Nous avons tous
l'honneur de connaître M. *Guil-*
laume : il n'est aucun de nous qui
ne sache qu'en sortant du college il

était un grand difputeur, & que, dans fes difputes, il affligea quelquefois l'amour-propre de quelques beaux efprits affez ridicules pour ne pas vouloir qu'en ce monde chacun ait fa petite dofe d'amour-propre.

Eft-il vrai, demande *Veftris*, en interrompant *St. Georges*, eft-il vrai que M. *Guillaume* a connu *Voltaire?* C'était un grand homme, que ce *Voltaire!* M. *Guillaume* aurait-il auffi connu le grand, l'immortel *Frédéric II*, roi de Pruffe? Il ferait fort heureux; car il pourrait fe vanter d'avoir connu les trois plus grands hommes du fiècle. Je fuis *Veftris*, moi, le *Diou* de la danfe, le premier homme de ma profeffion qui ait jamais exifté. Tout Paris, hommes & femmes; tout Verfailles, princes, rois & reines, tous fe pâmaient d'aife en me voyant paraître & me *déployer* fur la fcène. M. *Guillaume*, on a beau dire, la danfe eft le plus beau & le plus brillant de tous les arts. Difons tout; il eft auffi le plus utile; car, entre nous, les arts ne font utiles à une nation, qu'autant qu'ils font venir de l'argent. J'ai vu, de mon tems, j'ai vu Paris regorger d'Italiens, de Suédois, de Prussiens, de Hongrois, d'Allemands, de Russes & d'Anglais : qu'y venaient-ils voir ? Le *Diou* de la danse : qu'y venaient-ils voir ? Ma petite *Allard*, dansant avec ce *Diou*, & là, en présence de *Jason* & de *Médée*, voir des milliers de spectateurs dans les délices d'une douce extase, *vivant d'étonnement & d'admiration*.... Volontiers dirais-je au principal Ministre : « Monseigneur veut-il voir » les étrangers débouchant de tous » les coins de l'univers, arriver à » Paris, & réparer, par l'argent qu'ils » porteront, le mal que fait, dit-on, » a la France son traité de commerce » avec l'Angleterre ? ayez, monsei- » gneur, ayez de bons danseurs : si » vous le pouvez, ayez des *Vestris*. « Et ces danseurs, par les curieux » qu'ils ameneront, feront *pluvoir* » sur la France encore plus d'argent » que les chevaux, les draps, les » bijoux & toutes les bagatelles an- » glaises n'en font sortir ».

St. Georges mit fin à l'enthoufiafme du *Diou* de la danfe, en demandant à M. *Guillaume*, s'il était vrai qu'on lui eût volé l'*hiftoire de la* S***? En peu de mots M. *Guillaume* raconta comme deux honnêtes gens, tout en lui parlant de franchife, de de probité & d'honneur, lui avaient enlevé cette *hiftoire*, & comment ils l'avaient calomnié après l'avoir volé.

Ces couquins là, dit *Veftris*, n'aimaient pas la danfe : Ni la mufique, ajoute *Albanefe* : fi comme nous on paffait fon tems à chanter & à danfer, on verrait bien moins d'efcrocs à Paris. Eh! meffieurs, s'écrie *St Georges*, laiffez-là vos danfes & vos chanfons; & vous M. *Guillaume*, ditesmoi quels font ces honnêtes gens qui vous ont volé & calomnié, & ils auront à faire à moi?

Hélas! reprit M. *Guillaume*, il ne faut jamais fe preffer de tirer vengeance des méchans. Il n'y a qu'à prendre patience, ils fe font toujours affez de mal à eux-mêmes. D'ailleurs, je crois que l'un eft un juif : peut-être a-t-il agi d'après fa

confcience

confcience & l'ancien teftament qui permettait à fes ancêtres de voler ceux qui n'étaient pas de leur loi, laquelle était la loi par excellence.

Il n'y a, reprend *St. Georges*, ni loi ni teftament qui tienne, quand il s'agit de vol & de calomnie. Nommez-moi ce juif & je vous promets de mettre à la raifon lui & tout fon ancien teftament?

St Georges, lui ripofte le feigneur *Préville*, tu te vantes là de la chofe impoffible. Ne fais-tu pas que Dieu donna aux Juifs tous les biens de la terre? & qu'en vertu de cette donation ils volerent les bijoux des bourgeoifes de Memphis & de Thebes, des artifanes d'Héliopolis & de beaucoup d'autres villes de l'Egypte? c'eft en vertu de cette même donation qu'ils fe croyent aujourd'hui en droit de rogner les efpeces & de friponner le plus qu'ils peuvent les joueurs, les auteurs & le nouveau teftament.

Je me moque de cette donation, réplique *St Georges*, & fi j'avais fait un ouvrage, il n'y a pas de juif, de

G

quelque synagogue qu'il fût, assez hardi pour me le voler. Mais vous, mon cher *Préville*, qui prenez la défense des Juifs, savez-vous ce que c'est de voler un manuscrit à un homme de lettres ? c'est lui voler sa pensée & sa gloire, c'est voler la gloire de sa famille, la gloire de sa postérité & même de sa patrie... C'est pire, s'écrie *du Gazon*, que si on volait à un gentilhomme breton les titres de sa noblesse.

Brisons là dessus, dit *Chefdeville*. Messieurs, point de querelle à ma table. Buvons frais, mes amis ; buvons sec & laissons les bretons pour ce qu'ils valent & pour ce qu'ils croyent valoir. Je suis normand, & fils de meûnier. Je me moque des Juifs & de toute la noblesse de Bretagne. Chacun fait sa fortune comme il peut. *Lionet* a fait la sienne en pansant de petits chiens. Il a un château & une belle terre: on l'appelle Monseigneur en Bourgogne ; & il se moque de ceux qui le dédaignent à Paris. La fortune a cent portes pour entrer dans la maison d'un homme qu'elle aime. Elle est entrée chez moi au son de la musette; il fut un tems où ma musette & moi eurent la vogue. Mon instrument en valait bien un autre. *Louis XV* voulut m'entendre. Il prit goût à la musette, & mesdames ses filles aussi. Messieurs les courtisans, qui étaient ce qu'en tout pays sont les courtisans, un peu singes, imitèrent leur Roi : je ne pouvais suffire à leur donner des leçons. Ils me payaient chèrement. En peu de tems j'amassai plus d'un demi-million. J'achetai ce château & ces jardins. C'était un prince qui les possédait : aujourd'hui c'est *Chefdeville la musette* qui en est maître. Ainsi va le monde. Je commençai ma vie par faire danser des bergères, & je l'ai finie par faire danser des Princesses. Vive la musette ! (*)

Les goûts sont passagers en France : si vous m'en croyez, M. *Guillaume*, vous apprendrez à jouer de

_____

(*) C'est de *Chefdeville* lui-même que je tiens toutes ces anecdotes. Malgré tant de richesses, je l'ai vu mourir de misère.

la mufette. Vous êtes sûr, fi elle de-
vient à la mode, d'être riche en peu
de tems. C'eſt un des plus agréables
inſtrumens qu'on puiſſe entendre.
C'eſt celui que prenait le dieu *Pan*
quand il allait en bonne fortune.

Dites plutôt, repart le fieur *Vidal*,
que c'eſt l'inſtrument des bouviers &
des dindonnieres. J'ai aſſez bonne
opinion du goût de la compagnie
pour croire qu'elle fent combien la
guitarre l'emporte fur la mufette.

Mais vous, Monfieur *Vidal*, qui
avez le verbe fi haut, reprit le fieur
Verdoni, penferiez vous que ma mandoline doive le céder à votre guitarre ? à cet inſtrument qui n'eſt bon
que pour annoncer à la lie du peuple,
qu'on arrive de la vallée de Barcelo-
nette, & qu'on a une marmotte en-
dormie à leur montrer.

De propos en propos, la mandoline, la guitarre & la mufette s'aigri-
rent & s'injurièrent. On était au moment de fe jetter les afſiettes au viſage, lorfque d'un bout de la table,
Chéron entonna un couplet de l'opéra
d'*Alceſte* : *Laïs*, de l'autre bout de la

table, lui répondit par un couplet d'*Armide*. Les diffidens fe turent ; tous les convives en extafe écoutèrent nos *Orphées*, & ne rompirent le filence que pour exalter le génie de *Gluck* & de *Piccini*. L'un, difait celui-ci, eft *Corneille*, le fublime, le divin *Corneille* : l'autre, difait celui-là, eft le tendre, l'harmonieux, l'enchanteur *Racine*.

Après cet éloge les diffidens reprirent leur querelle ; mais fans aigreur. Le chant avait calmé leur colere. Ils demanderent à l'honorable compagnie de les juger, & pendant qu'on fervait le rôt & les entremets, chacun à fon tour chercha à mériter les fuffrages des juges qui parlerent avec honneur de la mandoline : ils firent enfuite l'éloge de la guitarre ; mais l'honnêteté accorda, fans en rien croire, la préférence à la mufette de *Chefdeville*, qui donnait à dîner.

Et vous, M. *Guillaume*, demande *Chefdeville*, que penfez-vous de ces trois inftrumens ? Je penfe, répondit-il, qu'il eft permis d'avoir des

goûts de préférence, & très-ridicule
d'avoir des goûts exclufifs. Dans quelque genre que ce foit, l'effentiel eft
d'exceller. En fociété, il en eft des
inftrumens comme d'une table bien
fervie. Chaque convive mange du
plat qui lui agrée davantage. Celui
qui déchire un perdreau, ne trouve
pas mauvais que fon voifin donne
la préférence à des œufs au jus.

Ce petit orage racoifé, les convives parlerent de la dureté des tems,
& du peu d'encouragement que les
gens à talens trouvaient en France,
des peines qu'on avait à y faire fortune : *Préville* fut un des premiers
à fe plaindre.

Eh ! mon cher camarade, lui dit
Carlin, quand on jouit, comme
vous, de quarante mille livres de
revenu, & qu'on eft fervi en vaif-
feile d'argent, on ne doit point fe
plaindre, fur-tout en préfence de
ton ancien maître *il fignor Arlequino.*
Je fus jadis l'ami du cardinal *Lam-
bertini* : c'était un des prêtres les plus
plaifans qu'ait produit l'Italie. On le
fit Pape fous le nom de *Benoît XIV*,

& je voulus alors me faire hermite
près de Bologne : mais avant de
remplir ma vocation , je vins en
France & je me fis arlequin. Dans
cet état j'ai, pendant quarante ans ,
fait rire la cour & la ville ; j'ai mis les
macaroni à la mode. J'ai vécu avec
parcimonie ; j'ai peu amaffé & une
banqueroute m'a enlevé ce peu (*).

On ne connaît point en ce pays-ci ,
dit *Balbâtre* , le prix des gens à talens. Nous devrions , vous & moi ,
mon cher *Carlin* , vous, en amufant
les honnêtes gens fur le théâtre de
la comédie italienne, moi, en les
édifiant fur l'orgue de Saint Roch ,
avoir fait une fortune immenfe. Si
j'avais fervi quelque cathédrale d'Allemagne , je ferais aujourd'hui riche
d'un million. En Allemagne l'orgue
mene à tout , à l'opulence & aux
honneurs.

Quoi ! mon cher *Balbâtre* , lui dit
du Gazon , vous auffi vous vous plaignez de la France : vous qui êtes vê-

---

(*) C'eft d'après le récit de *Carlin* lui-même
que ceci fut ecrit.

G 4

tu avec la magnificence d'un Prince.
Vous avez là un habit de vigogne de
cent francs l'aune, & fi je ne me
trompe, des boutons d'or maffif.
C'eft là un genre de luxe qui n'eft
point encore ordinaire.

Cela eft vrai, réplique *Balbâtre*;
je paffai vingt-quatre heures à Chan-
teloup. J'accordai le clavecin de
Mad. la ducheffe de *Choifeul*; elle
reconnut ce léger fervice, en m'en-
voyant une bourfe de cent louis &
cette garniture de boutons d'or que
vous admirez. Mad. la Ducheffe fe
connaît en talens agréables, elle fait
apprécier le mérite. Vous n'avez point
en France de femme plus généreufe.

Seigneur *Balbâtre*, répond *d'Auberval*, on pourrait vous en citer
qui pour les hommes à talens ne le
cédent point en générofité à Mad.
la ducheffe. Ce qui eft certain, c'eft
qu'il n'y a que des foux qui puiffent
fe plaindre de la nation francaife. Je
m'en louerai toujours : je devais
quarante mille livres & ne pouvais
les payer : je m'arrangeais en pleu-
rant pour quitter Paris & la France.

Les honnêtes gens furent ma dé-
treffe & payerent mes créanciers. Je
doute qu'en Italie, en Pruffe, en Ruffie, en Angleterre, un fimple danfeur
eût éprouvé une pareille générofité.

Vive pourtant l'Angleterre! s'é-
crie *Veftris*, pour faire promptement fortune. J'y féjournai quatre
mois & en revins chargé de roule-
aux de guinées. Vous parlez des guinées, lui réplique *du Gazon*, & vous
ne dites rien des pommes que les anglais vous jetterént à la tête? l'hiftoire en eft courte, repart *Veftris*;
je laiffai les pommes & emportai cent
mille francs. La malignité françaife
qui fe plaît à humilier les grands
talens, a cité l'hiftoire des pommes
& n'aurait dû parler que du fervice
infigne qu'en danfant devant les anglais, je rendis à la France, à cette
nation ingrate & frivole.

Tous les convives éclatèrent de
rire en entendant une pareille rodo-
montade. Riez, leur dit *Veftris* fans
s'émouvoir, riez, mais écoutez. L'a-
miral *R**** était chargé d'une com-
miffion importante; c'était celle d'en-

lever un convoi de bâtimens de transport chargés de troupes, de munitions, de marchandises, de vivres & d'argent. On savait en Angleterre que le convoi devait sortir de Brest ; ce n'était pas moi qui l'avait dit, car je n'en savais rien ; mais si R*** n'avait point perdu de tems, il eût trouvé les vents favorables. Le plaisir de me voir danser l'enchaîna pendant vingt-quatre heures à Londres. Lorsqu'il arriva à Portsmouth, son escadre était prête, mais les vents étaient contraires, & il ne put mettre à la voile. Voilà comme en dansant en Anglererre j'ai sauvé une flotte française. Je n'aime pas à me vanter ; mais la France me doit plus qu'on ne pense. Si elle était reconnaissante....

Seigneur *Vestris*, dit *du Gazon*, vous êtes un *Italiano*, & vous avez amassé en France quinze mille livres de rente : En outre vous avez une pension de quatre mille francs. Tout cela, ma foi, est très-raisonnable pour un faiseur d'entrechats.

Pour un faiseur d'entrechats ! répond *Vestris* d'un ton de Prince :

comment , petit farceur à la dou-
zaine, ofez-vous parler ainfi du *diou*
de la danfe ? connaiifez-vous la puif-
fance de ce *diou* ? Savez-vous que fi
vous m'offenfez encore, je vous ferai
chaffer de Paris & de toute l'Europe ?

Du Gaẓon, par des facéties auffi
agréables qu'ingénieufes, répondait
au dieu de la danfe qui s'irritait de
plus en plus; mais *Noverre* détourna
la difpute en demandant à M. *Guillaume* s'il falait beaucoup d'efprit pour
gouverner un Etat , par exemple,
pour être miniftre foit en Efpagne,
foit en Portugal, foit en France, foit
en Angleterre, foit ailleurs ? La fin-
gularité de la demande attira l'attention de tous les convives. Non , répond M. *Guillaume*, & je penfe que
celui qui régit bien un couvent de
cordeliers, en faurait affez pour gouverner un royaume. Un homme ordinaire, pourvu qu'il ait la tête froide
& qu'il ne foit pas inepte, peut fage-
ment tenir les rênes d'un Etat. Tel
miniftre qu'on a regardé comme un
génie, n'était dans le fond qu'un
homme d'un efprit commun , mais

heureux, ma's servi par des circonstances qu'il n'avait pas fait naître, souvent même servi par ses propres fautes. Un royaume n'est en lui-même qu'une espece de ballet déjà arrangé & qui va tout seul du moment que les instrumens sont un peu d'accord.

Les intérêts des grands & des particuliers, du souverain & des sujets, ainsi que ceux des Princes de l'Europe se croisent sans cesse. L'art du ministre est d'empêcher que ces intérêts ne se heurtent trop fortement : & peut-être même dans des tems difficiles, faut-il moins d'esprit pour régir un Etat que pour créer un ballet où cinquante danseurs, & autant de danseuses, pendant une heure pirouettant, minaudant, se balançant, se regardant, s'agaçant & se croisant en mille manieres, passent & repassent sans cesse les uns devant les autres sans se heurter & cela toujours en mesure, toujours en équilibre.

Et moi, dit *Vestris*, je conclus qu'on ne devrait pas faire un ministre sans être bien assuré qu'il sait danser. Dans un état tout n'y va bien qu'au-

tant que toutes les parties du corps
politique font en cadence, qu'il règne entr'elles une parfaite harmonie.
Un miniftre qui ignore le grand art
de la danfe, peut-il maintenir cette
harmonie qui fait le bonheur des
peuples? D'où vient qu'en ce moment tout va mal en Hollande? c'eft
que ce n'eft pas le pays des danfeurs.

Ne foyons pas furpris s'il fe fait en
politique tant de balourdifes, c'eft
que la plupart des miniftres ne favent
pas danfer; l'homme de notre tems
qui a fait le moins de fautes, & qui a
le mieux fait fes affaires, c'eft l'immortel *Frédéric II.* Auffi était-il un
très-bon muficien : il avait un très-
bel opéra & les danfeurs les mieux
payés. Je parierais à coup fûr que feu
M. l'abbé *Terrai*, & feu M. de *Meau-
peou* n'avaient point du tout l'air à la
danfe, & qu'ils euffent été fort em-
barraffés, fi avant de les agréer, l'un
pour régir les finances, & l'autre pour
être chancelier , *Louis XV* les eût
obligés de faire devant lui & devant la
famille Royale quelques chaffés &
quelques pas de rigodon. Ils danfaient

fort mal, & voilà pourquoi leur minif-
ter2 fut fi orageux.

Meffieurs les Préfidens à mortier,
ajoute *du Gazon*, MM. de la grand-
chambre & MM. des enquêtes ne
danfaient pas mieux, & voilà pourquoi ils furent tous exités. M. *Clément
de Blavet*, non-feulement ne favait
pas danfer, mais encore il était jan-
féniste, c'eft-à-dire, ennemi de la danfe; & voilà juftement pourquoi on
l'envoya à Croc en Combraille, pour
y apprendre la bourée d'Auvergne,
qu'il ne voulut jamais apprendre, fi
forte était fon averfion pour la danfe.

Je reviens aux hommes en place,
& je dis que deux miniftres doivent
être comme deux principaux danfeurs fur les planches de l'opéra, qui,
toujours en regard l'un de l'autre,
s'épient, s'obfervent, s'évitent adroi-
tement & ne fe heurtent jamais.

Vous pouvez, Meffieurs, dit
Albanefe, avoir raifon fur M. Clément, fur la bourée d'Auvergne &
fur les miniftres. Oui: j'en conviens;
il faut quelque talent pour arranger
des ballets, tels que celui de *Médée*;

il en faut fur-tout pour dreſſer une cinquantaine de petites filles auſſi étourdies que des oiſons, à remuer à propos les pieds, les jambes, les bras, les mains, les yeux, le cou, la tête, le viſage & le derriere, à meſure qu'une quarantaine de muſiciens, en faiſant des contorſions de poſſédés, promènent ſur cinq ou ſix cordes faites de boyaux de chats, & cela ſans les trop faire jurer, un petit bâton de bois d'ébene auquel ſont attachés une trentaine de crins de la queue d'un cheval.

Je le répete, à cela il y a quelque mérite; mais un mérite ſupérieur à ce talent, eſt celui d'un beau goſier. Un homme dont la voix eſt claire & nette, dont le timbre eſt ſouple, ſonore & brillant, eſt autant au-deſſus d'un joueur d'inſtrument ou d'un danſeur, que la nature elle-même eſt ſupérieure à tous les arts d'imitation. Je n'en excepte même pas celui de jouer ſur le théâtre français les bouffonneries d'un M. *Deſmaſure*, & les extravagances d'un *Roi de Cocagne*.

A cette ſinguliere apoſtrophe, *du*

Gazon se lève tout à coup, & prenant la cuiller à ragoût, qu'en guise de sceptre il appuye sur sa poitrine ; il s'avance gravement vers *Albanese*, & lui dit : » Madame, je suis moi-mê-
» me ce roi *de Cocagne* dont vous
» parlez avec peu de révérence ; & si
» je ne craignais de commettre ma
» Majesté, ou plutôt si je ne respec-
» tais votre sexe.... » De quel sexe, s'écrie *Albanese* en se levant de table tout en colère, prétend parler le petit roi de Cocagne ? sait-il qu'*Origene....* ?

Au nom d'*Origene*, tous les convives se mirent à rire, en disant qu'il était un grand sot. Le sieur *Marchal* qui ignorait qu'*Origene*, pour gagner le ciel, s'était réduit à l'état d'un chapon, interrompit les interlocuteurs pour dire que la veille, avant de s'endormir, il avait lu l'histoire de *Néron*. Qu'a de commun, lui demande-t-on, avec *Origene*, avec *Albanese* & les chapons du Mans, cet abominable *Néron*, qui fit assassiner sa mere *Agrippine ;* qui d'un coup de pied dans le ventre, tua sa femme, laquelle

laquelle était enceinte ; qui fit em-
poifonner fon précepteur *Burrhus* ;
qui obligea le vertueux *Séneque* à
s'ouvrir les veines, & qui de fes deux
mains parricides eût étranglé notre
fage *Diderot*, s'il avait lu le beau
plaidoyer de ce philofophe français
en l'honneur & gloire du philofophe
Séneque ?

Tout cela eft vrai, dit *Marchal*.
Malgré cela cet empereur avait du
bon : il récompenfait les hommes à
talens : à Rome, de fon tems, il n'y
avait ni comédiens, ni danfeurs,
ni muficiens, ni chantres, ni joueurs
d'inftrumens, qui ne fuffent comblés
de fes bienfaits. Sous fon règne, un
talent agréable menait à tout. Si nous
euffions été de fon tems, il n'eft peut-
être aucun de nous qui n'eût eu quelque Province à gouverner. L'ami *du
Gazon*, qui a tout l'efprit du monde
pour amufer une fociété de princes,
& qui eft le plus fot des hommes pour
faire fortune, ferait peut-être auffi
riche qu'un proconful des Gaules.
Mon cher *Marchal*, lui réplique poliment l'ami *du Gazon*, vous ne favez

H.

en vérité ce que vous dites ; le tems
dont vous parlez était celui d'un
monftre, le plus vil & le plus exécrable qui ait jamais exifté ; & nous vivons fous un bon Roi. Se plaigne qui
voudra de la dureté des tems. Moi,
je fuis fatisfait du caractère que la nature m'a donné : c'eft celui de la gaieté & de l'infouciance. Ce préfent en
vaut bien un autre. Il eft un beau
fupplément aux faveurs de la fortune.

Pour vous, mon cher *Marchal*, vous
pouvez, fi cela vous amufe, regretter
ces tems où, en excellant fur un
clavecin, vous auriez pu être élevé
au confulat de Rome. Sous l'empereur *Caligula*, cet honneur ne vous
eût pas échappé. Les tems font bien
changés ! Cependant ne défefpérez
de rien ; & fi vous favez vous y
prendre, votre talent, même en
France, peut vous élever à quelque
place honorable ; à être, par exemple, confeiller à la Cour des élus,
peut-être même à être préfident
de quelque grenier à fel. Il y a
un commencement à tout. Il n'y a
que le premier pas qui coûte, &

l'effentiel pour faire ce premier pas, eft de bien profiter des circonftances.

Les convives, tout en proclamant *Marchal* préfident du grenier à fel, fe levaient de table, lorfque M. l'abbé *Bouc*, en entrant, entama deux des plus grandes queftions qu'on ait jamais agitées en fociété.

M. l'abbé commença par 'demander fi les faifeurs de calembours devaient être mis au nombre des perfonnes à talens agréables. O le pauvre homme! dirent tous les convives en levant les épaules.

Vous êtes difficiles, Meffieurs, répond l'abbé *Bouc*! tout au moins convenez que parmi les talens agréables & utiles, on ne peut refufer une place diftinguée à l'art de rédiger les petites affiches, d'annoncer chaque matin les chevaux qui font à vendre, les filles qui font à placer, & d'avoir une méchanceté toujours prête à dire fur chaque piece nouvelle ? O le méchant homme! s'écrie *du Gazon*, & tous les convives en chorus répéterent à l'envi, ô le méchant homme! ô le méchant homme!.

H 2

L'abbé *Bouc* parlait encore, mais on ne l'écoutait pas. Toute l'attention & tous les yeux se réunissaient sur *Heumandel*, qui, sans se faire prier, était déjà devant un *forte piano*, & sur *Marchal*, qui, pour mériter sa présidence, commençait à préluder sur un clavecin. Ces deux Messieurs tinrent long-tems leur auditoire en admiration.

Petrini prit ensuite sa harpe, & *Emic* la sienne : ce fut à qui des deux se surpasserait. On trouva que l'un était plus profond, plus savant ; & que l'autre était plus varié & plus brillant.

St. Georges, à son tour, enleva tous les suffrages avec son violon ; & lorsqu'on eut fini de l'applaudir, il porta la main sur la garde de son épée, en disant : c'est là, Messieurs, le premier des instrumens, car c'est celui qui en impose davantage.

M. *G......* qui, pour le seul plaisir d'être utile en société, & de remplir agréablement son tems, cultive la musique, toucha de l'harmonica : on fit un bel éloge de cet instrument.

Garat fut feulement fâché de ne pouvoir l'entendre fans grincer des dents.

En vain on follicita le Seigneur *Albaneſe* de faire entendre fa voix argentine, il s'obſtina à garder un filence ridicule, qu'il ne rompit que pour dire qu'il était venu au château Charolais pour dîner & non pour chanter.

Chéron & *Laïs* furent plus honnêtes : ils répéterent la fublime fcène de *Pylade* & d'*Oreſte*. Enfuite *Préville* & *du Gaſon* jouèrent quelque fcènes très divertiſſantes. L'un répétant toujours fon rôle, & l'autre faiſant preſque toujours le fien.

Heumandel termina la féance par une piece de fa compoſition fur le *forte piano.* C'eſt là, dit *du Gaſon*, un galant homme. Il a un grand talent & il eſt modeſte.

Après cette leçon chacun fe retira : les uns allèrent joindre leurs élèves, & les autres, après avoir fait les délices du dîner de *Chefdeville*, fe rendirent aux différens théâtres de Paris, pour y faire les délices du public.

Veſtris alla chez le maréchal de

Richelieu pour le prier de lui obtenir
le cordon de St. Michel. C'eſt là,
mon cher *Veſtris*, lui dit le maréchal avec bonté, une faible récom-
penſe à vos longs ſervices. Allez à
l'opéra, mon cher, allez : j'en parle-
rai au Roi, cela l'amuſera. En attendant occupez-vous à dreſſer vôtre fils
à la modeſtie & ſur-tout à l'obéiſſance.

Avant de ſe ſéparer, tous les convives remercierent M. *Guillaume* de
l'honneur qu'il leur avait fait, & M.
Guillaume les remercia bien cordialement de tout le plaiſir qu'il avait
eu de les entendre. *Chefdeville* le pria
de venir de tems en tems dîner avec
eux. M. *Guillaume* ſe montra très-
ſenſible à cette honnêteté, & ſortit,
ſe diſant en ſoi-même : c'eſt aſſez en
la vie d'un pareil dîner.

Au ſortir du château-Charolais,
M. *Guillaume*, toujours occupé de
ſon projet, alla chercher une maiſon
qui pût convenir à ſes vues de retraite. Le ſoir même il en loua une
près de l'ancien *mont de Mars*, que
nous nommons *Montmartre*, & le
lendemain il en prit poſſeſſion.

Noms des Interlocuteurs.

PREVILLE & DU GAZON, excellens acteurs du théâtre français

CARLIN, excellent arlequin de la comédie italienne.

NOVERRE, grand compositeur de ballets.

BALBATRE, bon organiste, & long-tems le premier de son état.

CHERON & LAIS, les deux meilleurs acteurs chantans de l'opéra.

VESTRIS, bon & grand danseur de l'opéra.

D'AUBERVAL, très-bon danseur.

EMIC & PETRINI, les deux meilleurs harpistes de Paris.

St.-GEORGES, bon violon, bonne épée & bon enfant.

MARCHAL & HEUMANDEL, connus par un talent rare sur le clavecin.

VIDAL & VERDONI. Sous leurs doigts la guitarre & la mandoline font des instrumens agréables.

ALBANESE, vieux & fameux chapon de la chapelle de *Louis XV*, & très-bon musicien.

Quant à l'abbé *Bouc*, nous ne savons qui il est : c'est probablement comme l'*abbé du Plâtre*, un être imaginaire & ridicule ; & nous désavouons tous ceux qui diraient qu'en parlant de l'abbé *Bouc* nous avons en vue quelqu'abbé de mérite.

ETUDES
ET ENTERREMENT
DE M. GUILLAUME.

LA retraite eſt l'enfer de l'homme déſœuvré : elle eſt auſſi l'élément de l'homme de lettres & l'aſyle du ſage : non qu'il doive s'y enterrer tout-à-fait ; mais il doit ſavoir s'y retirer, y vivre avec lui même & mettre de tems en tems, comme dit *Montagne*, *la tête à la fenêtre pour ſavoir ce qui ſe paſſe dans la rue.*

M. *Guillaume*, devenu hermite, ſentit bientôt ſon ame s'aggrandir, ſes idées s'élever & s'épurer en s'élevant : les études de la phyſique & de la chymie l'occupèrent long-tems. Il répéta les expériences de M. *Lavoiſier*, & ne fit point de ſyſtême, ce qui eſt très-flatteur pour l'amour-propre, & beaucoup moins difficile qu'on ne penſe.

De l'étude de la nature il paſſa à celle de l'hiſtoire, & ſon cœur, qui eſt bon, fut très-affligé de voir qu'en

tout

tout tems & en tout pays le peuple fut fot & lâche, prefque toujours ou opprimé par la tyrannie, ou emmufelé par la fuperftition.

M. *Guillaume* fe replia fur l'hiftoire de France ; prefque tout lui en parut petit, fombre & ennuyeux, fi on en excepte quelques années des règnes de *Henri IV* & de *Louis XV*, les belles années de *Louis XIV* & l'époque mémorable du règne préfent, où l'Etat, mis au régime, fous l'adminiftration d'un homme de bien & de génie, femble devoir fe régénérer dans toutes fes parties, & prendre un embonpoint qu'on ne lui a point encore vu.

M. *Guillaume* en vint enfuite aux hiftoires particulieres : il n'y eut pas jufqu'aux annales des Capucins, des frères Prêcheurs, des frères Mineurs, des frères Minimes, des Pic-puces, des Blancs-manteaux & des Bleuscéleftes, dont il ne parcourût quelques chapitres, & dont il ne dît : voilà, certes, les archives de la momerie, de la vanité & de la petiteffe.

Pour s'édifier, il voulut lire l'*hiftoire*

I

de la Sorbonne, & il fut très-étonné lorſque ſon libraire lui apprit que cette hiſtoire n'exiſtait pas encore. Je me rendrai utile, dit M. *Guillaume*, en eſquiſſant cette hiſtoire, qui peut être curieuſe & très-intéreſſante; qui peut même, pendant une ou deux ſaiſons de l'année, amuſer les bons citoyens & meſſieurs les étudians en théologie. Si je réuſſis, le Gouvernement m'en récompenſera, ou tout au moins m'en ſaura gré, lorſque je ſerai mort. Le bien qui doit nous arriver quand nous ne ſommes plus, ne laiſſe pas, pour un philoſophe, d'avoir quelque choſe de conſolant pendant qu'on eſt encore en vie. M. *Guillaume* ſe mit donc à travailler l'*hiſtoire de la Sorbonne* : ſes recherches furent longues & pénibles. L'ouvrage lui coûta des peines infinies & lui valut une maladie horrible à l'anus.

Médecins & chirurgiens furent appelés pour voir cet anus, qui, parmi les voiſines de M. *Guillaume*, était déjà un ſujet de converſations intariſſables. *Braſdor* regarde le pre-

mier, & obſerve que les ſacs hémor-
rhoïdaux ſont couverts de ſquirrhes &
de gerçures : c'eſt ainſi , dit il , qu'é-
tait l'anus du roi *Jacques*, lequel eut
le malheur de perdre ſon trône en
Angleterre, & la gloire de faire des
miracles à Saint-Germain-en-Laye ;
je ne dis rien là, ajoute *Braſdor*, qui
ne ſoit très-flatteur pour le derriere
de M. *Guillaume*.

Le ſieur *Traverſe* vint après ; &
ayant bien examiné : je parie, dit-il,
pour deux fiſtules. *Louis XIV*, l'un
de nos plus grands rois, n'en avait pas
davantage lorſqu'on lui fit l'opération
en préſence de madame de *Mainte-*
non, ſa dévote & vieille épouſe, qui,
pendant l'opération, élevait ſon cœur
à Dieu, en ſe pitoyant ſur l'auguſte
anus de ſon ſeigneur roi. Il n'y a là
rien, ajouta-t-il, qui ne ſoit en l'honneur de M. *Guillaume*.

Moi, répond le docteur *Rapau*, je
ne parie rien ; mais je jure mon Dieu
que M. *Guillaume* a un ulcere dans le
fondement , & que ſi nous n'y mer-
tons promptement ordre, il périra de
la maladie dont mourut *Léon X*.

Ami *Rapau*, reprend le docteur
Coquard, vous pouvez avoir raison
fur la mort de M. *Guillaume*, mais
vous vous trompez certainement fur
le derriere de fa Sainteté. Ce n'était
point dans le fondement, mais au périnée, que *Léon X* avait un ulcère. A
la vérité, du périnée au fondement,
il n'y a pas loin ; mais gens comme
nous, en citant, doivent être exacts,
fur-tout lorfqu'il eft queftion de l'E-
glife & d'un Pape qui n'était pas des
plus indulgens, quoiqu'il trafiquât des
indulgences. Mais s'il faut dire mon
fentiment fur l'anus de M. *Guillaume*, & je ne fuis ici que pour cela,
je dirai donc, fauf l'avis des vénéra-
bles confrères, que la maladie de
M. *Guillaume* eft la même que celle
du cardinal de *Richelieu*, qui, comme tout le monde fait, mourut d'une
fiftule négligée, laquelle fans refpect
ni confidération pour fon éminence,
lui cancrena le rectum, & en délivra
la France, le quatre du mois de dé-
cembre de l'année mil fix cent quarante-deux.

De par St. Côme ! replique le docteur *Rapau*, en fait d'histoire & de grammaire, j'en sais autant que le docteur *Coquard*, & je soutiens qu'on doit écrire & prononcer gangrene, & non *cancrene*. Il faut écrire comme on parle, & parler comme on écrit. Je me moque de *Restaut*, s'il dit le contraire. C'est là mon avis, quoi qu'en pensent quarante académiciens, qui depuis soixante & dix ans, plus ou moins, s'assemblent trois fois par semaine au Louvre, pour réformer & perfectionner notre langue, & lesquels, depuis ce tems, ont coûté à l'Etat près d'un million en beaux jetons, & n'ont pas corrigé la moindre faute d'ortographe. Cela n'est pas bien ! Un galant homme qu'on paye pour être utile, doit gagner son argent.

De l'Académie française je reviens au derriere de M. *Guillaume*, & je soutiens que si le rectum du cardinal de *Richelieu* s'était gangrené quatre mois plutôt, MM. de *Cinq-Mars* & de *Thou* n'auraient point eu la tête tranchée à Lyon sur la place des Terreaux. Cela peut être, replique de nouveau le docteur *Coquard*, mais je soutiens que si *Cinq-Mars* n'avait pas couché avec *Marion Delorme*, *Richelieu* ne l'eût point fait assassiner par le bourreau. C'était un terrible homme que ce cardinal ! il ne voulait être ni contredit ni cocu : ce n'est pas là l'esprit de l'évangile, qui veut qu'on souffre en patience ce qu'on ne peut éviter. J'ai dit : Vive Dieu ! & gloire à ses Saints, s'écrie le docteur *Caqué*, en roulant deux petits yeux noirs & enfoncés. Richesse & pauvreté, joie & affliction, tout est grace en ce monde, & toute grace vient de Dieu. Dieu en tout, Dieu par-tout, & Dieu sur tout. Les uns ont une grace de santé, les autres ont une grace de force : c'est cette grace qu'avait autrefois M. *Guillaume* : aujourd'hui, il a une grace de maladie, & il doit en bénir Dieu ; car il faut le bénir de tout, & Dieu le guérira, s'il juge à propos de le guérir : on ne doit vouloir que ce qu'il veut; sans lui l'art de la chirurgie est fort inutile : j'opine donc qu'il faut prier avant d'opérer. Les sentimens sont libres : voilà le mien ; j'ajoute feulement que bienheureux eſt celui qui, en ce monde, ſouffre du derriere ; il jouira, en l'autre, des joies du Paradis. Je n'en dirai pas davantage.

Pendant cette ſavante diſcuſſion, dont, à ce que j'eſpère, on rendra compte dans le journal de Paris, le célèbre *Garre* examinait tranquillement l'état des lieux de M. *Guillaume*; & l'ayant ſondé à pluſieurs repriſes avec l'index, il s'écrie d'un ton benêt : voilà, meſſieurs, voilà un derriere dans un bien mauvais état ! & pour tout l'or & l'eſprit de feu M. *Beaujon*, je n'en voudrais pas avoir autant !

M. *Louis*, dont le ſavoir eſt au-deſſus de tout éloge, & dont la réputation égale le ſavoir, obſerve à ſon tour, & dit : le confrère *Garre* a certainement raiſon ; mais les confrères *Rapau* & *Coquard* n'ont certainement pas tort ; d'où je conclus qu'il eſt indécent de parler du périnée de *Léon X*, des miracles du Roi *Jacques*, du devant de *Marion Delorme*, & de l'infame derriere de *Richelieu* en face de M. *Guillaume* notre patient.

Et moi., Messieurs, dit le médecin écoutant, avant de conclure, je remonte au principe, & je dis que les études ont desséché & appauvri le sang de M. *Guillaume*. Un sang appauvri s'enflamme facilement par l'usage des liqueurs, des truffes & du café. M. *Guillaume* a là-dessus de grands reproches à se faire. Son derriere paye pour son gosier. Mais pour lui, il vaut encore mieux porter un ulcère le long du rectum, que le long des œsophages. Cela dit, je conclus qu'un bon régime doit marcher avant tout. Ce régime ne peut avoir qu'un bon effet.: s'il ne tire pas d'affaire M. *Guillaume*, il ne lui nuira certainement pas.! Mais, me demanderez-vous, en quoi consiste ce régime ? Le secret, Messieurs, en est connu de vous comme de moi-même ; il consiste à ne rien dire, à ne rien faire, à ne rien boire, & sur-tout à ne rien manger qui puisse aigrir le mal. En parlant de régime, *Hypocrate* disait d'or : je vous citerai

en

en grec un de ses aphorismes, & vous conviendrez, messieurs, que le grec est encore la plus belle langue qu'aient jamais parlé les hommes. A côté de cette langue magnifique, que sont en effet la plupart de nos jargons modernes ? par exemple, les râle- mens allemands & les sifflemens an- glais. Ne sont-ils pas, & M. *Guil- laume* en conviendra lui-même, ne sont-ils pas, en comparaison du langage des Dieux, que parlaient les Athéniens, les sons inarticulés des animaux sauvages, & les cris in- formes des bêtes de marais ?

Vous avez raison, docteur, répond M. *Guillaume* ; siffler n'est pas parler, râler l'est encore moins. Je conviens que la langue grecque, & même la vôtre sont de très-belles langues; mais la beauté de ces langues n'empêche pas que je ne souffre horriblement du derriere. Au nom de dieu, tâchez de me guérir, tout au moins de me soulager.

Au fait, docteur ; au fait, s'écrièrent les chirurgiens, & conclurent que sans délai & crainte de pis, il fallait

K

avec la pierre infernale, brûler l'ulcère dont était atteint M. *Guillaume*, &
lequel ulcère était le principe incon-
testable de toutes ses douleurs.

Pour cette opération, les médecins
& chirurgiens s'ajournèrent à la hui-
taine, laissant à M. *Guillaume* le tems
de faire son testament & de se prépa-
rer à la mort. Il s'y prépara en effet,
remerciant Dieu de lui avoir donné
la vie, le remerciant aussi de la lui
reprendre, & demandant, par son testament, deux choses : l'une, de n'être
point ensépulturé dans l'église, parce
que, disait-il, étant mort, il ne
voulait pas empoisonner les vivans.
La seconde, d'être enseveli comme il
avait vécu, c'est-à-dire, sans qu'on
en fût rien. Ce sont là deux traits qui
attesteront à jamais que M. *Guillaume* était modeste & bon. On n'en a
jamais dit autant de l'abbé A.....

Le jour venu où les chirurgiens
doivent, avec la pierre infernale, brûler le derriere de M. *Guillaume*, ar-
rivent chez lui, de très-grand matin, avec un ordre du roi, un com-
missaire de quartier & un inspecteur

de police, escortés de leurs *observateurs*, qui enlèvent tous ses papiers, & le mènent demi-mort dans ce château qu'avec raison nos beaux-esprits regardent comme le plus redoutable qui soit en Europe, & dans lequel, après les cérémonies d'usage, en attendant qu'il soit tout-à-fait mort, le marquis de *Launay* l'enterre fort poliment dans l'un des quarante tombeaux dont la garde est confiée à sa vigilance. Hélas! dit M. *Guillaume*, pendant qu'on l'enterrait, ce n'est pas là ce que j'avais demandé par mon testament.

Après cet enterrement, qui se fit sans bruit, sans prêtres & même sans les prieres *pro agonisantibus*, on examina scrupuleusement les écrits de M. *Guillaume*; on n'y trouva que les idées saines d'un homme de lettres; dans ces idées les vues d'un bon citoyen, & les sentimens d'un sujet tranquille & soumis, ne parlant de *Louis XVI*, que pour dire qu'il était un bon roi; que de sa bonté il en naîtrait tôt ou tard le bonheur de ses peuples; que son règne serait en France l'époque à jamais mémorable;

d'un nouvel ordre de chofes. Les affemblées provinciales inftituées, les réformes qui s'opèrent en tout genre, le rappel de nos frères les proteftans, l'abolition des moines qu'on prépare en filence, le fanatifme presbytéral emmufelé, la tyrannie miniftérielle expirante, les Etats-Généraux qui vont fe tenir, en un mot, ce que nous voyons, & ce que nous verrons bientôt, font une preuve irrécufable que M. *Guillaume* était un peu prophête : mais il ne s'en vantait pas ; c'est qu'il favait qu'on ne gagne jamais rien de bon à prédire l'avenir.

Vingt familles de confidération réclamèrent hautement fa liberté : quelques Jolies femmes parlèrent pour lui, & l'adminiftration bien détrompée, après quelques petites cérémonies, qui durèrent feulement une demi-année, rendit M. *Guillaume* à fes amis, & fon anus aux chirurgiens.

Note de l'Editeur. On trouva auffi, parmi les papiers de M. *Guillaume*, quelques-uns de fes après-dinées. Nous defirerions en régaler les honnêtes-gens ; mais ce ne fera qu'après que nous ferons bien furs qu'ils ne fe font point ennuyés en dinant avec lui.

FIN

Imprimé en France
FROC021207220120
23240FR00017B/360/P